文春文庫

人間は笑う葦《あし》である

土屋賢二

文藝春秋

まえがき

本書は、これまでにいろいろな雑誌に発表したエッセイをまとめたものである。中には「どこが〈まとめた〉なんだ。何の秩序もないじゃないか」と思う人もいるだろうが、こういう人はものごとを深く見ないで断定するタイプだと断定できる。よく見ていただけば分かると思うが、整然とページ順に並んでいるはずである。

内容が雑然としているという印象をもつ人もいるかもしれないが、本書の成立の事情を知れば、ある程度、理解していただけると思う。

わたしに原稿を発注するに先立って、まず、雑誌の編集者がどんな内容にするか、どんな特集を組むかなどを綿密に計画する。おそらく企画会議では、次のような発言がなされるものと推測される。

「このページは土屋でいくしかない。他の人ではもったいなさすぎる。できれば土屋の文はない方がいいが、どうしてもこのページが余ってしまうんだから仕方がない。いくら何でも空白にしておくのは変だろう」

この意見が通り、わたしに発注することになる。わたしがいわれたままに書いた原稿を編集者が読み、

「やはり空白のままにしておけばよかった」

と反省する。その後、間もなく編集者が異動させられるか、雑誌が廃刊になるかのどちらかの結果に終わる、という経過をたどってきた。

この経過から分かるように、わたしは各雑誌の編集者が綿密な計画を立てた結果として、いわれるままに書いただけである。もし本書の内容に統一性がないとすれば、責任は各雑誌の編集者にある。

各雑誌の編集者が互いに連絡をとり合わず、それぞれ勝手に企画を立てた結果、本書には、笑いについて書いたエッセイが三編含まれることになった。もちろん、テーマが同じでも内容は変えてある。同じテーマなのに内容が違っていることに不信の念を抱く読者もいるかもしれないが、そういう人は、笑いについてまったく同じ内容のエッセイを三編収録したら、どうせ非難するに決まっているのだ。勝手なものである。

笑いは、底が深いテーマである。そのためか、古来、多くの人がさまざまに論じてきたが、出された意見はまちまちである。それを考えれば、わたし一人でまちまちな意見を述べて悪いわけがあろうか。

それでも、わたしは読者に妥協して、笑いに関するエッセイは配置を工夫し、読者が同じテーマだと気づきにくいよう、ばらばらに離して収録した。「ちりばめた」と受け取っていただければ望外の幸せである。

本書に収めたエッセイのテーマは、哲学、政治、芸術、ユーモアなど、さまざまであるが、これらを論じる姿勢は一貫しており、鋭い観察と緻密な論理の二つにとらわれない自由な精神を保つように心がけた。

本書に収めるにあたり、過去に発表したエッセイのどれを本書に収録するかについては、厳密な基準をもうけ、これに従った。基準は、厳正を期して、次のように成文化した。

収録基準に関する規定

第一条　わたしの書いたものだけを収録する。

すなわち、次の各号に掲げるものは収録しない。

①他人が書いたもの。

②まだ書いてないもの。

③その他、食品衛生法および関連省令で食品と定められたもの。

第二条　わたしが書いたもののうち、次の各号に掲げるものは収録しない。

①何らかの実用的目的で書かれたもの（借用書、保険の契約書、学生の推薦状など）。

②他人が読んでも本人が読んでも面白くないもの（書簡、日記、学術論文、講義ノートなど）。

③無価値なもの（書簡、日記、学術論文、講義ノートなど）。

②読まれて恥ずかしいもの（書簡、日記、学術論文、講義ノートなど）。

④誤りが含まれているおそれの強いもの（書簡、日記、学術論文、講義ノート、学生の推薦状など）。

附則

第三条　本規定は平成五百四十年一月一日をもって施行する。

この基準を厳密に守った結果が本書である。

本書を最後まで読んだ人は、さまざまな感想を抱くであろうが、批判的な感想を抱くことはお断わりしたい。読者は、じっくり読まないタイプと熟読するタイプに分けられるが、このうち、じっくり読まない読者には批判する資格がないことは明らかである。問題は熟読した読者である。

最後まで熟読する読者には強い忍耐力があると思われるかもしれないが、それは大きな間違いである。こういう人は、有害図書はなめるように読むくせに文部省推薦図書は二ページと読めないタイプであり、カントの『道徳形而上学原論』を読むよりは昼寝の方を好み、一度にうどんを五十杯食べられないタイプである。忍耐力があるというより、判断力に問題があるといった方がよい。たとえ判断力が残っていたとしても、本書を通読した後は、判断力に支障をきたしているはずである。そういう人に本書を批判する資格はない。

このように、本書を読まなかった人も読んだ人も、本書を批判する資格はない。しかし、本書を賞賛する資格は万人にある。もっと重要なことだが、本書を購入する資格（この場合、「資格」とは、希望的に「義務」を意味する）が万人にあることを強調しておきたい。

人間は笑う葦である＊目次

人間は笑う葦《あし》である

麦茶とコーラと五寸釘

ここ数年、大学の研究室の水がおかしい。飲んでも変な味がするし、一目見てはっきり分かるほど濁っている。非常に体調が悪いときの小便の色のようだ。尿検査に出したら、確実にひっかかると思う。この水でコップなど洗ったら、「洗った」というより「汚した」ことになりそうな気がする。

どうもおかしいと思っていたら、先日、「この建物の水道水は飲まないように」という通達があった。うがいをしてもよくないという。あえてたずねなかったが、鼻から入れて耳から出してもよくないにちがいない。その水をずっと飲んでいたのだ。

どうりで最近ずっと体調が悪く、頭も思うように働かないと思った。最近とくに年をとったような気がするし、こづかいがすぐになくなるような気がしていたが、これも水のせいだったのか。

通達が出てからは飲まないようにしているが、手は洗っている。そのためか、身体の調子は悪いままだ。

身体の不調は、とくに会議や講義のときに顕著に現われる。それを精神力で克服し、昼食のときには一時的に元気を回復しているからいいが、そうでなかったら体力がなくなってしまうところだ。

水が突然汚れたはずもなく、かなり前から汚染は進行していたにちがいない。わたしの身体は長年にわたってむしばまれていたのだ。しかしそれにしては、同僚が例外なく元気なのは不思議である。わたしのいる建物は文科系の建物であるが、文科系の教官は、大学にいつも出て来ているとはかぎらず、むしろ自宅や喫茶店などで仕事をしていることが多く、研究室の水を飲む機会が少ない。これに加えて、わたしの大学の文科系教官が頑丈であるという点も見逃せない。実際、有害な水を飲んでいてもまだ元気すぎる同僚も一部にいるのである。水の影響がなかったら、かれらはわたしにとって水以上に有害な存在になっていただろう。

新鮮な水道水を飲むことができないので、代わりにわたしが研究室で飲んでいるのは、麦茶とダイエットタイプのコーラである（アルコールは大学でもどこでもたしなまない）。ミネラルウォーターにしようかとも思ったのだが、一時かびが混入するという騒ぎがあって以来、敬遠している。麦茶のいいところは、色がついているため、かびが混入していても分からないということだ。コーラになると、さらに色が濃い上に、缶に入っているので、万一かびが混入していたとしても絶対に分からないから安心である。

麦茶はプラスチック製のマグカップに入れて飲んでいる。最近までガラスのコップで飲んでいたのだが、今年のはじめに四つあったコップが一つずつ割れていき、今は一つもなくなってしまった。

薄いコップだったので、注意して洗わないと割れるのではないかと恐れていたのだが、実際には、どのコップも洗っている最中には割れなかった。わたしは慎重な性格であり、細心の注意を払って洗っていたからである。それと、慎重を期して、できるだけ洗わないようにしていたことも、洗っている最中に割らないですんだ理由だろう。

それにもかかわらず、実際には全部のコップが割れてしまったのは、すべて、うっかりして落としたためである。細心の注意を払って洗うだけでなく、細心の注意を払って落とすべきだったと思う。

慎重な性格のためか、コップを落とすだけでなく、中身の麦茶やコーラもよくこぼす。悪いことに、ちょうどこぼれる先に学生の論文やパソコンのキーボードなどがあるのだ。

パソコンのキーボードの上だけでも何回こぼしたかしれない。キーボードに飲み物をこぼす経験を重ねた結果、次のような事実が判明した。

①こぼす量と場所にもよるが、コーラよりも麦茶の方がキーボードの被害が少ない。

②こぼした後、「A」と入力すると「チトシハ」などと表示されて、当座は遊べるが、すぐに飽きる。

③キーボードからパソコンの中に入力できるのは文字信号だけである。麦茶とコーラは入らない。

④飲み物はキーボードの上にこぼれるが、キーボードは飲み物の上にはこぼれない。

コーラは、一日最低でも一本は飲むようにしている。こどものころ、コーラをはじめて飲んだときは、薬みたいな味がすると思って好きになれなかったが、人間というものは成長するものである。今ではコーラがないと一日も生きていけないような気がするほどだ。今のわたしにとっては必須栄養素である。

しかしコーラがキーボードの調子を狂わせ、学生の論文にシワとシミを作ることはたしかである。ひょっとしたら身体によくないかもしれない、というかすかな疑いが心の片隅に芽生えたころ、ある学生がわたしにこういった。

「コーラは身体によくないそうですよ。何かに書いてありました」

「どこかに書いてあるからといって、どうして信用できるんだ。君の答案を見てみろ。書いてあることはデタラメばかりだ。書いてあるものを信用しちゃだめだ」

「そのことは、先生の本をみても分かります」

「何がいいたいんだ。わたしの本の悪口かそれともコーラの悪口か」

「すみません。どっちもです。とにかく、五寸釘をコーラの中に長時間入れておくと、溶けて小さくなるらしいですよ」

「そんなことはウソに決まっている。もしそれが本当なら、コーラは君のためにある。五寸釘が小さくなるくらいなら、君だって少しはスリムになれるかもしれない。太さはそのままで背が縮むかもしれないが」

「話のついでに人身攻撃するのはやめてくれませんか。今の話には関係ないでしょう」

「どっちにしても、もし五寸釘が小さくなったのなら、素晴らしい作用をもっていることになる。やってみると分かるが、五寸釘を一寸釘にするには大変な労力が必要なのだ。やすりや旋盤の代わりになるのではないか。鉛筆削りへの応用も考えられるかもしれない」

「でも人体にそのような作用が及んだら困るんじゃないんですか」

「そんなことはない。わたしが証拠だ。わたしは長年コーラを飲んでいるが、溶けた様子はない。このことから確実にいえることは、わたしは五寸釘ではないということだ」

「コーラを長年飲まないと自分が五寸釘でないことが分からないんですか」

その後、この会話は哲学の議論に発展し、最終的にわたしが勝利を収めたが、コーラが健康を増進するものではないことはたしかであろう。そこでわたしは、最近ではコーラを十本飲むたびに野菜ジュースを一本飲むようにしている。

新しい飲み物が次々に開発されているが、今わたしが一番求めているのは、コーラ味の野菜ジュースである。

わたしの葬式

どんな人でも一生に二回はほめられる、といわれる。結婚したときと死んだときである。何度もほめられようと思ったら、何回も結婚し、何回も死ぬのがよい。

結婚披露宴や葬式になると、普通なら絶対に他人をほめないような人が、普通なら絶対にほめられないような人をほめるのだ。ほめるところがなくても無理やりほめるのだから、何事もやればできるものである。

無理やりにせよ、どうやってほめているのか、あらためて考えてみると不思議である（わたしもよく学生の推薦状を書くが、どうやって推薦しているのか、振り返ってみるとわれながら不思議である）。赤ん坊をほめる場合なら、ほめる材料がなくても「元気そう」といえばいいが、死者に対してほめる材料がない場合、「元気そう」といってもほめたことになるのかどうか疑わしい。

同じほめるにしても、結婚と葬式では大きな違いがある。

結婚披露宴で仲人などが新郎新婦をほめることには、ちゃんとした理由があり、非難すべき点は何もない。結婚式の直後は、「これでよかったのだろうか」という不安が一番つのるときだ（この不安は、その後、離婚しない限り一生つのり続ける）。この不安を取り除き、間違っても気が変わらないよう、「お前は素晴らしい相手と結婚したのだ」といってきかせるのだ。ちょうど、飛び降り自殺を決意しながらためらっている人の背中を押す行為に似ている。披露宴でほめるのは、少しでも自分と同様の不幸な境遇にいる人間を増やしたいという心理からだと考えることができる。同胞意識の発露だといってもよい。

それに対し、葬式での人々の行動にはうさんくさいものがある。故人が生前、金に困っていようが、病気に苦しんでいようが、見て見ぬふりをしていたような人が、葬式になると、どんな遠くにいても仕事を休んでかけつけ、香典を包み、死者をほめたたえるのだ。態度の変わり方が激しすぎないか、と思う。死者はとくに何をしたわけでもない。ただ死んだだけなのだ。「いてもいなくてもいい人」や「いると邪魔な人」が、もう絶対に生き返らないことが確認されたとたんに、「なくてはならない人」になるのである。人間の評価というものが、ただ死んだというだけで、これほどまでに劇的に変わってよいのか。

　もちろん心底から惜しまれる人もいるだろうが、そういう人は生前から尊敬されているのだ。わたしのようにふだん粗末に扱われている人間が、死んだとたんに急に惜しまれるのがそもそも不自然だ。せいぜい、生前わたしを粗末に扱ったつぐないの意味で惜しむか、粗末に扱う対象がなくなったのを惜しむか、であろう。

　第一、死者をそんなに惜しむのなら、「幽霊になってでもこの世に現われてほしい」と願ってもよさそうなものだ。しかしわたしが死んだら、まわりの連中は、わたしが「迷わず成仏」して確実にあの世に行くことをひたすら願い、葬式、初七日、四十九日など念入りに何回も儀式を行なって、間違ってもこの世に帰らないよう手を尽くすだろう。それでも足りずにわたしの上に重い石をのせるだろう。万一わたしが生き返ったりしたら、袋叩きにされるに違いない。

　これでは、葬式でどんなに「惜しい」とか「もっと生きていてくれたら」といわれても、「帰ってこないと約束してくれるなら、帰ってほしい」と頼まれているようなものである。

　だからわたしは葬式が嫌いだ。とくに自分のが。自分の葬式なんかあげる気も参列する気もしない。葬式より、生きている間にほめたたえてほしいと思う（毎日がわたしの葬式だと思えば無理にでもほめたたえることができるはずである)。できれば香典も生きているうちにいただきたいものだ。

打たれ強いピアニスト

わたしの楽しみはジャズピアノを弾くことである。こう書くと、どうせ下手なジャズピアノを弾いて自己満足にひたっているのだろう、と思う人がいるかもしれないが、それは大きな間違いである。わたしのピアノを聴いた人のうち半分は、そもそも「ジャズピアノを弾いている」と見てくれず、「人に迷惑をかけるために騒音を出している」としか受け取らないのだ。ただし、残りの半分は、「これがジャズピアノだ」と断言するわたしのことばを信じて、「ふうん、ジャズピアノというのはこういう無茶苦茶なものなのか」と思っている（これは主としてジャズピアノを聴いたことがない人である）。

ピアノを始めて十年くらいになるが、最初のうちわたしはクラシックの曲も練習してみた。「初級用」と書いてある二、三の曲に数え切れないほど挑戦した結果わかったことは、楽譜通りに弾くという創造性のないことにはわたしは向いていないということだった。楽譜通りに弾くならタイピストと同じことだ。

ただ、わたしが挑戦したクラシックの曲は初級用の数曲にすぎない。上級用の曲なら弾けるかもしれないと思っている。

ジャズはクラシックと違い、即興演奏が主体である。どう弾こうが本人の勝手であるから、「弾き間違い」ということがない。何という都合のいい音楽であろうか。「お前のいうことは間違いだ」とか「お前のやったことは間違いだ」と、間違いを指弾されてばかりの生活を送っているわたしのような人間には、「間違いのありえない」ジャズは砂漠の中のオアシスである。

しかし「間違い」はなくても、「つまらない」演奏や「下手な」演奏は厳然として存在する。世の中、苦労は絶えないものである。最初のうち、わたしはピアノが思ったように弾けないことに悩んだものだ。最近はコツをつかんで、やっと思い通りに弾けるようになった。何を弾こうかと思ってから弾くのでなく、弾いた後で、何を弾こうと思ったかを決めるようにすれば、「思い通りに弾く」ことができるということに気がついたのだ。

わたしのピアノについて、わたしのバンド仲間は、

「マッコイ・タイナー（名ジャズピアニストの一人）みたいだ」

といっている(「手を二本使って弾くところが」という付け足しがなかったらもっとうれしいところだ)。

大学の同僚からは、

「大学教師にしておくのはもったいない。大学を辞めてプロのミュージシャンになったらどうか。プロになれなくても、大学を辞めたらどうか」

といわれている。

これらのことばからも分かるように、わたしのピアノを聴いた人は、どういうわけか、例外なく感動を押し殺す傾向がある。感動しすぎているためかもしれないが、それにしては、わたしの演奏が終わると素直に喜びを表現するのが不可解である。連中の顔には、「どんなものにも終わりがくる」という事実に感謝していることがはっきり出ているのだ(自分の人生にも終わりがくることは嫌がるくせに)。わたしが授業を終えたときに示す学生の反応もそうだが、どうしてわたしのまわりには、こんな態度をとる連中ばかりいるのかと思う。

わたし自身は、わたしの実力に問題があるとは思わない。問題は、わたしのまわりにわたしを評価できるだけの耳をもった人間がいないということにある。ゴッホもそうだったが、あまりに独創的な天才は理解されないものである。

音楽を評価するには、それなりの音楽性が必要なのだ。ストラビンスキーの素晴らしさは、だれもが理解できるというものではない。その証拠に、わたしも理解できない。わたしの音楽を理解するには、ストラビンスキーを味わうよりもさらに高い音楽性が必要である。風の音やガラスをこするような音でも、音楽として聞くだけの深い音楽性が必要なのだ。その意味では、わたしの音楽は、極度に玄人《くろうと》好みだといってよい。

わたしが社会人のアマチュア・バンドのピアニストとして初舞台を踏んだのは、ピアノを始めてまだ二、三年しかたっていないときだった。そのときわたしは運悪くちょうど深刻なスランプの最中だった。

大ピアニストのホロヴィッツは十二年間もスランプだったことがあったというが、わたしのスランプは生まれて以来、今日に至るまで約五十年間、とぎれることなく続いており、長さの点ではホロヴィッツをはるかにしのいでいる（こうまでスランプが長いと、スランプを脱出できたころには、もうピアノを弾く体力もなくなっているのではないかと心配でならない）。

当然そのときもスランプだったが、ホロヴィッツのように「スランプだから弾かない」とわがままをいうことは許されず、出演を断わったりしたら袋叩きにあいそうな雰囲気だった。これは一つには、そのバンドにピアノが必要だったからであるが、もう一つには、わたしが「ぜひ出演させてくれ」と頼み続けていたからである。

出演が決まってから、「これがプロへの第一歩になるかもしれない」と興奮して眠れない夜が続き、疲労の極に達したとき、本番の日がやってきた。社会人バンドが五団体ほど出演する演奏会で、聴衆はすべて出演者の家族など、関係者ばかりである。

よく、演奏会では普段の実力が出ないという人がいるが、わたしは違う。普段から実力が出ないのだ。人前では実力の一割も出ればいい方だが、一人で練習するときでも、どんなに調子がよくても実力の一割以上出たためしがない。

いざ本番となってみると、緊張のあまり、口はカラカラに渇き、手は指先までコチコチになっているのがはっきり感じられる。爪まで固くなっているが、これは普段からだ。

緊張と闘っているうちに演奏は始まり、一曲目のテーマの出だしで早速つまずいた。練習のときからつまずいていた箇所だから、予想はできていたが、予想が当たったことを喜ぶ余裕はない。出だしでつまずくのは最悪の事態である。このことは大学での講義の経験からいやというほど分かっている。わたしの講義は、出だしでつまずいたために最後までうまくいかないか、途中でつまずいたために最後までうまくいかないかのどちらかなのだ。

案の定、演奏は、その後ドミノ倒しのように次から次へと面白いように失敗が続き、まるで悪夢を見ているようだった。無料でホラー映画を観ているような状態なのに、うれしさは感じない。曲が変わっても悪夢は際限なく続き、「どんなものにも終わりがくる」とはとても思えなくなってから、さらに無限の時間が過ぎ去り、演奏は唐突に終わった。

その間、何があったのか、今振り返っても空白のままである。ひょっとしたらピアノを演奏したのではなく、道路工事でもしたのかもしれない。悪夢からさめたときの茫然とした気持ちの中で、わたしは現実を認識した。そして、「もしかしたらピアニストになるには、まだ機が熟していないのかもしれない。転職するのはもう少し先にのばすことにしよう」

こう決心したのだった。

その決心は間もなく「わたしは失敗を通して成長するタイプなのかもしれない。こうなったら打たれ強いピアニストになろう」という決意に変わり、それ以来、初舞台の失敗をバネにして、さらに失敗を重ねている。

しかし経験を積むにつれて、悪夢を見る思いをすることは少なくなった。悪夢に慣れたせいもあるが、何よりも、わたしがちゃんと弾けないのはピアノのせいか共演者のせいだということがしだいに分かってきたことが大きい。名ピアニストは例外なく、神経質にピアノを選び、共演者を厳しく選ぶものだが、できればわたしもそうしたいところだ。そうしたらどんな名演奏ができるか、想像するのも恐ろしいほどだ。

こうしてわたしは打たれ強いピアニストの道を歩んでいるが、あるとき、バンドの仲間が「ピアニストがよければ、自分はもっと上手にやれる」と考えていることを知った。ショックだった。こんなことにショックを受けたのがまたショックだった。打たれ強いピアニストへの道はまだ遠い。

人間はなぜ笑うか

笑いを考える場合、何をおいてもまず笑いの本質を明らかにする必要がある。しかしここでは、それは論じないことにする。理由は三つある。

①笑いの本質を論じても可笑《おか》しくも何ともない。これはちょうど料理の本質がおいしくないのと同じである。

②論じるだけの枚数がない。わたしに割り当てられている枚数はわずか十二枚である。これで笑いの本質を論じるのは、とうてい不可能である。少なくとも十二枚半は必要だ。

③答えが分からない。笑いの本質を考えるために、本やテレビで笑っている最中に、笑っている自分を観察してみた。その結果分かったことは、笑うことと観察することが両立しないこと、そして笑いの研究よりも笑っている方がずっと楽しいということだった。

歴史上さまざまな説が提案されてきたことはたしかだが、それで解明されるには、笑いはあまりにも多様で複雑である。

たとえば、ある理論によると、笑いとは「緊張の緩和」である。その点では、風呂に入るのに似ている。

別の理論では笑いは「痙攣《けいれん》」である。その点ではしゃっくりに似ている。

また、笑いは「こわばりへの攻撃」である。その点ではマッサージに似ている。

笑いは「無意識的願望の突発的発散」である。その点ではヒステリーの発作に似ている。

「優越意識」である。この点では競走に勝ったときに似ている。

「食い違い」である。その点では人々の意見に似ている。

「定義不可能」である。その点では笑いに似ている。

笑いが分析不可能であっても、われわれはよく笑うし、笑うのが好きである。笑いの需要は大きく、テレビではお笑い芸人がひっぱりだこである。

どうしてこのように笑いがもてはやされるのだろうか。笑いはとくに何かの役に立つわけではない。笑っても金になるわけではなく、体重が減るわけでもない。笑いながら字を書いたり、針に糸を通したりすることはできず、笑いながら冷静にものを考えることもできず、芸術を鑑賞できず、悩むことも苦しむことも恐喝することもできない。

われわれが笑いを求めるのは、何かの役に立つからではない。役にも立たないのに求めるのなら、食欲のような本能的欲求なのか、と考えられるかもしれないが、そうとも思えない。他の動物は笑わないし、生命の維持や種の保存に関係があるようには見えないのだ。

説明がつかない点では、なぜわれわれが音楽、文学、演劇、美術などを好むのか、という問題と同じだが、芸術の場合はまだ「美の創造・鑑賞」と位置づけられ、高尚なものとされている。それに対して笑いの場合は、どういう種類の活動なのか、高尚なものなのか、低俗なものなのか、ということからして分かっていないのである。

日本では一般に、笑いの需要は大きい半面、笑いは軽視され、低俗とされる傾向がある。笑いはたんなる気晴らしで、風呂場で鼻歌を歌うのと同程度の意味しかもたないと考えられている。笑いをふりまく人は、好感のもてる人かもしれないが、信頼できるわけではなく、金を貸す気にならないような人間だとみなされている。重厚篤実というよりは軽薄だと考えられている。少なくとも、わたしはそう考えられている。わたしが笑いを好むのはたしかだが、そのことからどうしてわたしが軽薄だと見抜かれてしまうのか不思議でならない。

しかし、笑いというものにはそんなに低い価値しかないのだろうか。欧米ではユーモアのセンスが重視されているが、ユーモアのセンスをもつ人は人間としてバランスがとれているとか、重圧に強い、という意味で評価されているように思われる。だが笑いはそれ以上に奥が深いのではないかとわたしは思っている。

かつてウィトゲンシュタインという哲学者は、

「全編ジョークで綴った哲学書というものがありうる」

といったし、わたしもウィトゲンシュタインを意識して、

「全編ジョークで綴ったジョーク集というものがありうる」

といったことがある。

哲学と笑いの間には関連がある。ウィトゲンシュタインによれば、「いかに生きるべきか」とか「わたしが存在しているのは何のためか」といった問題をはじめ、哲学的問題はすべて、ことばの使い方の規則に違反することから生じたものである。哲学の問題や主張も、ある見方をすれば、ナンセンス・ジョークのように可笑しいというのだ。たとえば、わたしは拙著『われ大いに笑う、ゆえにわれ笑う』の中で次のように書いた。

わたしは樹木を見るのが趣味だ。通りすがりに立ち止まって道端の樹木を見たことが、今までに二回ある。

これは「趣味」ということばの用法に反したナンセンスな冗談である。ウィトゲンシュタインは、これと同じようなナンセンスが哲学的問題や哲学的主張の中に含まれているというのである。

この主張にはこれ以上触れないが、このように軽薄の代表とされる笑いと深刻の代表とされる哲学が同根のものだという意見が出てくることをみても、笑いの底は意外に深いのではないかという疑念、あるいは、哲学の底は意外に浅いのではないかという疑念が生じてくる。

それどころか、深刻に考えるよりも、笑う方がはるかに多くのことを認識させることがある。たとえば、

(A) 貧乏な親戚をさげすんではいけない。その親戚がいつ金持ちにならないともかぎらないから。

この文を読んで一瞬のうちに笑う人は、同じ趣旨のことを深刻に考えるよりはるかに多くのことに気づいていると思う。これと同じようなことを真面目にいおうとしたら、

難解な本一冊が必要である。そのあらすじは次のようなものになるだろう。

人間は崇高なものである。人は金銭を目的に生きるべきではないし、金銭をもっているかどうかによって人を判断すべきではない。金で判断すべきではないが、現実にはそう簡単ではない。そう簡単ではないが、金で判断すべきではない。金で判断すべきではないが、簡単ではない。簡単ではないが、金で判断すべきではない。だから、貧乏だからといって軽蔑してはいけない。ただし貧乏人を軽蔑しないといってもいろいろな場合がある。その人が金持ちになる可能性があるからとか、その人に金を借りているからとか、ノーベル賞を受賞したことがあるからといった理由で貧乏な人を尊重するのなら、それは軽蔑すべき態度である。

以上は正論である。しかしこの正論にはどこかインチキの匂いがするのではないか。〈キレイゴト〉ではないのか。人間はそんなに崇高なものではない。このようにいいたくなる。

だが、それは居直りではなかろうか。自分の俗物根性を正当化しているだけではないのか。低俗なままでいようとしているだけではないか。そんな卑しいことでいいのか。

このように理想と現実、建前と本音が交差しているのが人間だ。

このようなわけのわからないことをくだくだいっても、笑えないだけでなく、百万言を費やしても（A）と同じ内容を述べることはできない。どれだけ読者が眠くなるかという点では上かもしれないが、どれだけ読者に認識させるかという点では、冗談にははるかに及ばない。

もっとくだらないと考えられる笑いの場合でも同じである。

あるアメリカのプロゴルファーがこういった。

「日陰で摂氏四十度もあるんだって？　日陰でプレーするのでなくてよかった」

この発言は、「日陰の温度」に関する規則に反している。このような基本的間違いを犯さないよう、われわれは日頃注意深く避けている。それを簡単かつ堂々と、何事もないかのように間違える人がいるのを見ると、われわれは「こんな可能性もあったのか」、「こんな恥ずかしい間違いをしても死ぬような大事にはならないんだ」ということに気がついて、解放された気分になる。これが笑いにつながるのではないだろうか。自分が金科玉条と守ってきた規則が恐れていたほど重大なものではないということを、これほど効果的に気づかせてくれる手段が他にあるだろうか。

また、わたしは拙著『われ笑う、ゆえにわれあり』で自分のことをこう書いた。

わたしの人となりについていえば、性格と知能にはかなりの問題があるものの、しかしそれを除けば、これといってとくに欠点はないといい切れる。容貌は想像していただくしかない。自分でいうのも何だが、どんなにハンサムな男を想像しても、それはわたしとはほど遠いはずである。

これを読んだ人は、わたしの欠点を知るだけでなく、「自分の欠点はどんなことがあっても隠さなくてはならない」という守るべき規則をわたしが破っているのを目撃し、自分の欠点をさらすのも可能性の一つだということを認識するのではなかろうか。

さらに、権威のある人を「ハゲ」などといって関係ないところで笑いものにするのも同じである。権威をからかうことによって、われわれは権威に対する過度の緊張から自分を解放するが、その根底には、「やみくもに権威をたてまつる必要はない」という認識があるように思われる。

笑いには多くの側面があるが、わたしがとくに強調したいのは、笑いが一瞬のうちに、きわめて効果的に認識をもたらすという点である。笑いは、われわれがさまざまな規則

(ことばは正しく使わなくてはならない、道徳的にふるまわなくてはならない、初歩的誤りを犯してはならない、自分や権威を特別扱いにしなくてはならないなど)を乗り越える可能性をもった自由な人間であることに目を開かせるのである。

これを低俗だといえるだろうか。軽薄だといえるだろうか。こう説明したらある学生がこういった。

「でも笑いがあってもなくても先生が軽薄であることには変わりないと思います」

腹立ち日記

×月×日　うなぎを食べに行った。一月に一度の数少ない楽しみだ。店内は狭く、テーブルも五十センチ四方と狭い。届いたうな重を食べようとしていると、向かいの席に中年男性が座った。このオヤジのポマードが胸の悪くなるような匂いを発散している。男がうな重に顔を近づけると、その頭が目と鼻の先にくるため、匂いはますます強烈になる。わたしが十八世紀の貴婦人なら失神していただろう。わたしが犬だったとしても気絶していただろう。犬は人間の数千倍の嗅覚をもっているのだ。貴婦人や犬でなくてよかった。

だが、ポマードの匂いのせいで、うなぎは台無しだ。うなぎのおいしさの八割はうなぎ独特の匂いにある。もしうなぎがバラの芳香を放っていても、おいしくなんかないだろう。ましてポマードのたれをつけたようなうなぎを食べておいしいはずがない。うな重代千二百円返せ！　店を出た後も一日中匂いが鼻について気分が悪かった。

どうしてあんな匂いのポマードをつけるのか理解に苦しむ。化粧品として売る方も売る方だ。つけている本人は何ともないのだろうか。鼻から脳にいたるまでのどこかがイカレているにちがいない。

ああいう匂いは嗅覚だけでなく身体にも悪いはずだ。匂いによって健康を取り戻すアロマセラピーがあるくらいだ。匂いが健康を害することも当然ありうる。嫌匂い権を確立し、あのポマードを禁止するか、「健康を害することがあります」と表示させるべきだ。


×月×日　回転寿司に行く。二週間に一度の数少ない楽しみだ。うなぎとちがって、匂いはあまり重要な要素ではない。

食べていると、中年女性が二メートルほど離れた席に座った。その女性が強烈な香水の匂いを発散させている。まるで香水を頭からバケツ一杯かぶったようだ。風呂桶に湯と間違えて香水を入れたのかもしれない。

犬でないことに感謝するものの、寿司を食べているのか、そのオバサンを食べているのか、分からなくなってくる。せっかくの楽しみがすっかり台無しだ。寿司代八百円返せ！

×月×日　親戚の家に行った帰りの電車でのことだ。非常に不愉快な匂いがする。電車はがら空きで、隣に座っている親子しか容疑者は見当たらない。まったく、なんて不潔な親子なんだ、と腹を立てていたら、こどもが母親に「なんだか臭いよ」といっている。自分の匂いも分からないのか、と思っているうちに思い出した。親戚からおみやげにもらったタクアンを手に持っていたのだ。犯人はタクアンだ。駅に着くまで寝たふりをするしかなかった。

感想についての感想

前から気になっていたことだが、テレビなどでスポーツで勝った選手に感想をいわせたり、婚約した芸能人や家族を失った人に感想を求めたりしているが、あれにどんな意味があるのだろうか。答えは聞くまでもなく分かっている場合がほとんどなのである。婚約した人が「せいせいしました」といったりするはずがないのだ。

感想をいわされることはこどものころからいやだった。小学生のころ、『戦艦大和の最期』という映画を授業で観に行き、感想文を書かされた。こどものわたしには、何の感想も浮かんでこなかったが、むりやり次のように書いたのを今でも憶えている。

「戦争中、みんなで大きい軍艦を作りました。それが完成して、海に出てずっと進んでいくと、敵の飛行機が飛んできました。大砲を撃ったりして飛行機を何機か墜落させましたが、ついに敵の爆弾があたって沈みました。艦長は残ってなにか考えていました。

沈んだ後には何人か板きれにつかまって浮かんでいるだけでした」

最後の文章はわれながら名文だと当時は思ったが、いまから思うと、これでは感想にはなっていない。それでも、この感想文に書いたことが、わたしがこの映画を観て把握し、考え、感じたことのすべてだったのである。もちろん、こんな感想でいい点がもらえるはずがない。おそらく、期待されていた感想文は次のようなものだろう。

①多くの労力を費やして作ったものも簡単にこわれてしまう。労力と犠牲と情熱は無駄に終わる運命にある。このように人間の営みは空しい。

②戦争は恐ろしい。幾多の人命を奪ってしまう。戦争を廃絶すべきだ。

③鉄でできたものは、いつか水に沈む。

④もっと小さいのを何隻も作ればよかった。

⑤船が沈没したときは板につかまれ。

これらはいずれも、「感想」といっても、実際には教訓といっていいものばかりである。しかし映画というものは、何か教訓を学ばなくてはならないものなのだろうか。現在わたしが好んで観る映画は007やスピルバーグのようなアクションものであるが、感想といっても、せいぜい「ドキドキした」程度の感想しかない。これでは百メートル走った後の感想と違わないのだ。「教訓」に至っては、どんなに無理をしても「最後に勝ちたいと思ったらイギリス情報部に入ることだ」くらいが精一杯であろう。絵画や音楽についての感想となると、「よかった」、「つまらなかった」、「よく眠れた」、「腹が減った」くらいしかない。教訓まではとても無理だろう。

小学生のころは映画だけではなく、学校で旅行に行っても感想文を書かされた。ことあるごとに感想文を書かされていたのだ。大人になってよかったと思うことは数少ないが、感想文を書かなくてすむことだけは大きい利点である。それなのに、報道で無理やり感想をいわされるのだから、大人の権利はどこにいったのか、と思う。また、大人でありながら映画、音楽、料理などの感想をいうことを職業にしている人がいるのも不可解でならない。

それにしても小学生に感想文を書かせる目的は何だったのだろうか。おそらく、こどもを困らせるという目的を別にすると、映画や旅行にどんな教育効果があったかを確認するという目的があったのではないかと思う。

だが映画を観せたり、旅行に連れて行ったりすることに、そもそも教育効果があるのか、かなり疑わしい。せいぜい「感想文を書くのはいやなものだ」という程度のことしか教えられないのではないだろうか。これは次の実話からも明らかであろう。

あるアメリカの一家が教育の目的でグランド・キャニオンに旅行した。到着するまでの長い道のりの間、父親はこどもたちに、グランド・キャニオンができるまでに何千年もかかったこと、この大自然の驚異を見るだけのために人々がヨーロッパからはるばる訪れていることなど、あらかじめ考えておいた話を感動的な調子で語って聞かせた。一家は畏怖と驚異の念でグランド・キャニオンをながめ、写真をとった。その夜、父親は、どんな教育効果を与えたかを知るために、一番下のこどもがつけている日記をこっそり見た。そこには一行書いてあるだけだった。

今日、ぼくは一マイル先までつばを飛ばした。

教育効果といってもこの程度のものなのだ。このことはわたしが日ごろ痛感させられていることでもある。会心の講義をした満足感にひたりながら学生に感想を聞いてみると、「つまらなかった」、「分からなかった」、「分かったような気がしたが、すっかり忘れた」など、失望させられる感想ばかりである（理解度にしても、まったく理解していないか、わたし以上に理解しているかのどちらかで、ちょうどいいということがない）。たしかに、わたし自身よく分かっていないままに講義していたのは事実だが、こんな感想を知れば知るほど教師は無力感にとらえられるだけである。感想には教師に自信を失わせる効果があるのはたしかである。

だから、わたしは感想を聞かれたくもないし、感想をたずねたくもない。感想を求められないよう、大事故で肉親を失ったり、オリンピックで優勝したり、婚約したりしないよう、気をつけているところである。

夏の終わりの憂鬱

夏休みが終わって会議が始まる時期になると気が滅入ってくる。最近では、夏休みに入る前から気が滅入るくらいだ。たぶん、行く夏を惜しむ気持ちが人一倍強いのだろう。夏休み中は毎日のように大学に行くが、できるだけ助手とは顔を合わせないようにしている。助手（わたしの教え子である）は用事の源泉である。少なくとも、用事の媒介者である。

しかし郵便物などを確認する必要があり、助手室におそるおそる電話をかけた。

「もしもし、こちらは学長の土屋ですが」

「うちの学長はそういう名前ではありません。番号違いでしょう」

「どうもすみません。ついうっかりして勘違いしてました。実はわたしは学長ではなく、文部大臣だったことを忘れていました」

「文部大臣でも大統領でも結構ですが、今、取り込んでおりますので、失礼します」

「ごめん。本当言うと、わたしは教官の土屋です」

「うちにはそういう教官はおりません。失礼します」

「わたしがいないとしたら、そこはどこなんだ」

「学術的なところにきまっているでしょう。大学だし、土屋とかいう変な人がいないんですから。では忙しいので失礼します」

「ちょっと待て。これから大学に行こうと思っているんだけど、わたし宛てに何か届いていないかね」

「大学にいらっしゃれば、ご自分で直接見ることができるんじゃありませんか」

「実は届いているものによっては、急用ができるかもしれないんだ」

「会議の通知が恐いんですか」

「わたしは通知を恐れるような弱虫じゃない。わたしが気にしているのは督促状とか徴兵令状とか、特殊な通知だけだ。ちょっと見てくれないかな。とくにお金が届いているかいないか気をつけて見てほしい。今日五万二千四百円届いていてもいいんだが」

「お金は届いてません。届く予定があるんですか」

「いや、別に予定があるわけじゃないんだ。届いていなくてもおかしくない。むしろちようどその金額が届いていたらかえっておかしいほどだ」

「じゃあ、どうして届いているとおっしゃったんですか」

「そういうことがあっても論理的にはおかしくないと思ったんだ」

「おかしいのは先生の頭じゃないんですか。論理的にありうるからといって、日常的に意味があるとはいえないでしょう」

「しかし君の論文のように論理的にありえないことを主張するのよりはましだ。何か他に来ていたかね」

「書類とレポートが届いています。二、三百人分はありそうです」

「お願いだから、そのレポートを持って逃げてくれないかな。燃やしてもいいし、食べてもいい。後で、〈わたしがやりました〉と自白してくれたら、非常に感謝するんだが。そのときはわたしも、わたしの監督不行き届きでした、といって、いさぎよく頭を下げるつもりだ」

「そんなことをするくらいなら、ご自分がどこかへ行ったらどうですか。ご自分を燃やすなり食べるなりすれば、その方が簡単だし、多くの人がありがたがると思います」

「けしからんことをいうなあ。わたしが邪魔だというのか」

「いえ、そういう意味でいったんじゃありません」

「じゃあ、どんな意味でいったんだ。カツ丼が食べたいという意味でいったのかね」

「そうです。そういう意味です」

「いい加減なことをいうんじゃないっ。まあいい。書類がきているといったね」

「会議の通知です。一週間先ですけど」

「えっ、そうなのか。もう会議か。それじゃあ、休みはどうなったんだ」

「夏休みが終わったということじゃないかと思います」

「最近はどんどん休みが少なくなっていく一方だ。それに休みが過ぎさるスピードが毎年だんだん速くなっている」

「それは会議のせいじゃないでしょう」

「とにかく、この先に何か会議のようなものが待ち構えていると思うと安らかに休めないのだ」

「でも会議がなかったとしても、いずれは授業が始まるんですから」

「休みの先に会議や授業が待ち構えているというのをなんとかできないものか。休みの先には休みしか待ち構えるべきではない」

「辞職なさりたいんですか」

「辞職するわけにはいかないだろう。わたしには学生を教育する使命がある」

「学生は先生に教わる義務があるんですから、かわいそうなことです。何もそんなにがんばらなくてもいいんじゃありませんか」

「がんばりすぎもよくないと思うから、休みが続いてほしいといっているのだ」

「お気の毒なことです。あ、それから学部長が先生に用事があるといって、立ち寄られました」

「何だろうな。表彰されるのかな。それ以外に心当たりがない」

「何回か休講にしたら表彰されることになっているんですか」

「そうなってほしいものだが、そんなことあるわけないだろう。わたしが休講にするのは病気のときだけだ。少なくとも、それを理由にしている。それでまた気持ちが暗くなるようなことを思い出したが、後期に始まる特殊講義があるだろう。あれはさすがのわたしも自信がないんだ」

「いつものことじゃないんですか」

「見損なってもらっちゃ困る。自信をもって授業にのぞむことだってある」

「絶対にうまくいかないという自信じゃないんですか」

「そんな自信があるときは授業にのぞまないことにしている」

「それでよく授業をやる日があるものですね。そういうときに仮病を使うんですか」

「そうじゃない。ちょうどそういうときに身体の具合が悪くなるのだ」

「そういう不都合があまりにも都合よく起きていませんか。仮病といわれても仕方ないでしょう」

「仮病というのは病気を装うことだろう。わたしの場合は逆に、ふだん健康を装っているのだ」

「とてもそうは見えませんけど」

「とにかくどうすればいいだろうか。一応謝るつもりだが」

「どうやってですか」

「最初の時間に〈この授業はうまくいきそうにありません。あらかじめ謝っておきます。ごめんなさい〉といっておこうと思っている」

「謝ればすむんですか。むしろ謝ってすませる方が無責任です」

「しかし責任を感じるからこそ、謝っているのだ。無責任な人間が謝るだろうか。しかも、前もって謝ったりするだろうか」

「そんなことで学生が納得するわけないでしょう。あっ、ちょうど学部長がお見えになりました。ちょっと替わります」

わたしは反射的に電話を切った。

わたしが漫画家にならなかった理由

知る人はほとんどいないが、わたしは一時期、漫画家を志していた。きっかけは、教え子の柴門ふみが、卒業後しばらくして、わたしの何十倍だか何百倍だか稼いでいることを知ったことだった。漫画家というものはそんなにもうかるのか。このときはじめて哲学の道に進んだのが間違いだったかもしれないという疑念が心に生まれた。わたしが講義している最中にこっそり漫画の練習をしていた学生が、わたしより稼いでいるのだ。わたしも自分の講義中に漫画を描く練習をしていればよかった。

しかし何事も遅すぎることはない。漫画家になってリッチになってやる。金のために好きでもないことをするのはわたしの軽蔑するところであるが、漫画を好きになれば問題はない。金が入ってくるのはあくまで結果なのだ。わたしはこのように純粋な動機に支えられ、漫画家になろうと決心した。四十歳をすぎたころのことだった。

それまで絵を描いたことはなかったが、漫画家の中には、「こんな絵ならだれでも描ける」と思えるくらい絵の下手な人もいる。その程度ならすぐにでもなれる。こう思ったわたしはさっそく絵を描いてみた。

最初に描いたのは男の横顔である。出来上がった絵は、あまり満足のいくものではなかった。他人が見たら何を描いているのか分からないだろうが、見ようによっては岩手県の地図のように見える。無理して見ればルソン島に見えないこともない。これでは成功とはいえないが、だれにでも苦手というものはある。サイコロの絵なら描けると思ったが、サイコロしか登場しない漫画というのは考えにくい。どうしても人間の絵が必要だ。

そこで今度は男が椅子に座っているところを正面から描いてみた。最初のうちこそポストにしか見えなかったが、細部を描きこんでいくと、最終的にはどこから見ても、カラスについばまれて捨てられたトマトが茶筒の上にのっているように見えるまでにこぎつけた。人が座っている姿は、芸術的には、背の低い物体が直立している姿と意外に近いものである。

ルソン島に見えるよりもはるかに実物に近い出来栄えに満足はしたものの、この経験を通じて、わたしは自分が写実派ではないことを知った。写実主義が蔓延しているいまの漫画界でわたしを理解してもらうのは無理だろう。いまの漫画界は、「描かれているのがどの登場人物か、座っているか立っているか、が分かるように描かなくてはならない。少なくとも人間かどうかが分かるように描かなくてはならない」という偏狭な考え方が支配している。このような絵画観ではピカソなどの芸術的絵画を理解することはとうていできないだろう。ピカソの場合、描かれているのが人間なのかギターなのか、一人の人間なのか二人の人間なのかが分からなくても何も文句はいわれないのだ。

漫画界が偏見を脱して、ピカソ芸術の域に到達するのを待つしかない。そう思ったわたしは漫画家になるのを一時的に断念した。正確にいえば留保した。漫画家を志してから一時間足らずだった。それから十年たつが、漫画界がいまだにそのころから進歩していないのが残念である。

もしかしたらわたしは自由でないかもしれない

「哲学者がどんなことを考えているか想像もつかない」と多くの人は思っている(「そんなことは想像したくもない」とも思っている)。しかし実際には、哲学者が考えていることと普通の人が考えていることとの間にはたいした違いはなく、程度の違いしかない。

たとえば、普通の人の場合、自分が今経験していることが夢かもしれないと疑うことがまれにある。妻が何の理由もなくやさしいことばを吐いたとか、阪神タイガースが優勝したときのように、信じられないことが起こった場合、これは夢ではないかと疑うことがある。

これに対して、哲学者は、経験していることがことごとく夢かもしれないと疑う。このように哲学者は一般の人に比べ、たんに疑い方の程度が極端なだけである。両者の違いは程度の違いにすぎない。たまに酒を飲む人とアル中の違い、あるいは、百円落とすのと倒産するのとの違いにすぎない。

このことを自由を例にとって考えてみよう。われわれは普通、自分が自由だと信じている。しかし、自分は自由ではないかもしれないという疑いが首をもたげるときがある。それにもいろいろな場合があり、いろいろな程度がある。

【疑いの第一段階】

もしかしたら自分は自由でないかもしれないという疑いが最初に芽生えるのは、職場でも家でも命令されてばかりいることに気づいたときである。ふと気づいて周囲をみると、どちらを向いても「ああしろ、こうしろ」、「ああするな、こうするな」と命令する連中ばかりである。間違っても「少し休んだらどうか」とか「何かしてほしいことはないか」といわれることはない。いわれるとしても、リストラで退職を勧められるときや、不治の病いにかかって最後の希望を聞かれるときくらいであろう。

実際の職場では、勝手に仕事をさぼれるわけではないし、好きなことがいえるわけではない。わたしの場合も、授業で何をしゃべってもいいわけではない。正しいことをいわないと学生に攻撃されるのだ。何と不自由なことだろうか。

職場だけではない。他ならぬ自分の家でも、やりたいようにやれることはほとんどない。自分で稼いだ金を好きなように使ったり、他の女と交際する自由がないのだから、「一ヵ月間遊び放題」とか「好きなときにぶらりと一人旅」という贅沢が許されるはずがない。いいたいことがいえない点でも、職場以上である。実際、考えてみれば、いいたいことがいえる場所は、無人島くらいなものだろう。

こづかいは少ない上に、ものを買えば金を払わなくてはならず、何も買わなくても税金を払わなくてはならない。毎日決まった時間に電車に乗って通勤するというハンで押したような生活を強いられ、勝手に欠勤することは許されない。家の中でタバコを吸うことすら許されないのだ。これでは刑務所に入れられているのと同じではなかろうか。

たしかに、結婚したのは自分の自由意志であるし、職業にしても自分で選んだはずだといわれるかもしれないが、それも自由に選んだかどうかあやしい。気がついてみたら後戻りできなくなっていた、というのが本当のところだ。

一体、わたしが自由に選んでいるものが何かあるだろうか。人間が自由だというのは幻想だ。何ひとつとしてわたしの思い通りになるものはない。

【疑いの第二段階】

いったん疑いはじめたら、疑いというものは深まっていく（人生に対する洞察などは絶対に深まらない）。

第一段階では、不自由だといっても、思い通りにならないというだけのことである。しかし、本当に思い通りになっていないのだろうか。よく考えてみれば、思うようにならないといっても退職する自由はある。どうせ職場の方でも、わたしを必要としているわけではない。できれば他の人と代わってもらいたいと願っているに違いないのだ。

どんな状況にあっても、いよいよとなったら究極の選択として死を選ぶ自由もある（ただし二百歳まで生きる自由はない）。だから第一段階の疑いでは、まだ選択の余地がある。

さらにもっと重要なのは、そもそも、思い通りになれば自由なのか、ということだ。「思い通りになる」ということは、「自分の欲望が満たされる」ということに他ならない。しかし考えてみると、すべてが自分の思い通りになったとしても、結局は、自分の中にある欲望にふりまわされているだけではないのか。欲望そのものは、われわれが自由に選んだものではなく、生まれながらに与えられたものである。望みもしないのに腹はへり、意図とは無関係に眠ってしまうのだ。

われわれは欲望の命じることを忠実に実行しているだけではなかろうか。かりに逆立ちをする欲望が与えられていたら、われわれは意味なく逆立ちをして大喜びしていたであろう。もし納税の欲望が与えられていたら、争って税金を払っていたであろう。

要するに、われわれは欲望の奴隷である。たとえすべてが自分の思い通りになったとしても、実際には自分の欲望のいいなりになっているだけである。妻や上司の命令がなくなったら、刑務所から出所したような気分になるかもしれないが、実は刑務所から別の刑務所に移るのと変わらない。命令する者が欲望になったにすぎないのだ。欲望の命令に従うだけの人間には自由はない。

【疑いの第三段階】

しばらく考えていくと、このような疑いでもまだ甘いと思えてくる。欲望の点からみるとどっちでもいいことがある。たとえば、テレビのどのチャンネルを選ぶか、ラーメンにするかタンメンにするかなど、サイコロをふって決めてもいいようなことがある。そのような場合は、どれにするか欲望に関係なく自由に選んでいるように思われる。欲望の奴隷だといっても、まだ自由が入り込む余地があるのだ。

さらに、もっと根本的な問題がある。これまでの議論では、人間は欲望に従うものだと前提されている。しかし多くの場合、自分の欲望に従うべきかどうかということ自体、選ぶことができるのではなかろうか。仕事中に腹が減ってもたいていの人は、食欲を押さえるだろう。自分が餓死寸前でも他人に食べ物を与えることもあるし、信念を貫くために死を選ぶ場合だってあるのだ。

　このように、われわれは欲望に従わない自由をもっている。プラトンやアリストテレスは、自分の欲望に屈しないところに人間の尊厳があると主張した。こう考えると、人間は根本的には自由だということになる。不自由なのは、毎日働き続けなくてはならないとか、こづかいが足りないとか、妻が横暴だ、といった些細なことにすぎない。

　だが、この「根本的な自由」もないのではないかという疑いが存在する。たとえば、どこかの宇宙人がわれわれの脳を操作しているのかもしれない、と疑うことができるのだ。その宇宙人は、われわれの脳を操作して、欲望に従うかどうかも含めて、われわれのあらゆる選択を操っているかもしれない。

　自分の意志でタンメンを選んだつもりでも、実は宇宙人にタンメンを選ぶよう強制されているのかもしれないのだ。ラーメンかタンメンかというどっちでもいいことを、どうして宇宙人が操らなくてはならないのか疑問であるが、そういうことにこだわる宇宙人を想像することはできる（地球人はもっとくだらないことにこだわっているのだ）。

　このような疑いを抱くのは難しいかもしれないが、UFOを信じている人なら簡単にこの疑いを抱くことができるだろう（そこまで疑り深いなら、UFOの存在を疑ってもよさそうなものだが）。この疑いを晴らすことができないかぎり、人間は自由だと断定することはできない。

哲学者は、これでもまだ甘いと考える。これだと、人間が自由でないという可能性もある、と主張しているだけである。可能性が考えられるというだけなら、わたしが歌手になる可能性とか、太陽が西から昇る可能性など、いくらでも考えられるが、これらは現実には起こらないのである。

それだけではない。この疑い方だと、われわれを操っている宇宙人自身は自由だとみなされている。少なくとも、この宇宙には自由が存在する余地があると考えているのだ。

これに対し、自由の余地はまったくないと考えた哲学者たちがいた。しかもかれらは、たんに自由でない可能性も考えられるというのではなく、現実に自由が成り立っていないと主張するのである。

【疑いの第四段階】

これにはいろいろな主張の仕方があるが、最もポピュラーなのは、「われわれは物理法則の支配下にある」という論法である。物理学の進歩によって分かってきたことは、この世界の物体はすべて厳密な法則に支配されているということである。わたしの脳も身体も物体だから、わたしが次の瞬間に手を上げるかどうか、わたしが明日どこに行くか、わたしの眼球がどう動くかなど、わたしの行動のすべては物理法則によってあらかじめ決まっている。ちょうど転がされたビリヤードの玉がどう動くかが決まっているのと同じである。そこには自由の入り込む隙間はない（注＊）。

だから、物理学を信用するかぎり人間の自由はない。物理学者の中には信用できない人もいるが、物理学は信用しないわけにはいかない。「物理学に基づいて作られた飛行機と占いによって設計された飛行機のどちらに乗るか」ときかれたら、ほとんどの人は（占師も含めて）物理学によって作られた飛行機に乗るだろう。このように、われわれは物理学を信用している。物理学を信用するなら、人間の自由を否定する他ないのである。

これで話がすむならまだいいのだが、困ったことに、われわれは一方で、人間は自由だと信じてもいる。たんに頭の中でそう考えているだけではない。われわれの社会では、責任を問うたり、賞罰を与えたりしているが、これは人間を自由だとみなしているからである。薬物の影響でやったとか、脳を操作されてやったことなら責任を問われないが、それは本人の自由意志でやったのではないとみなされるからである。自然の落石事故で人が死んでも石が罰せられないのは、石に自由意志を認めていないからである。責任や賞罰は自由があってはじめて成り立つのだ。

もし人間が物理法則に支配されているだけなら、どんなことをしても責任を問うことはできないはずである。しかるに、われわれは現実に責任を問うているばかりでなく、そもそも責任や賞罰がないような社会を想像することさえできない。責任や賞罰を否定することはとうていできないのである。

われわれは一方で、責任や賞罰を認めている以上、人間の自由を認めなくてはならない。しかし他方で、物理学を認めている以上、人間の自由を否定しなくてはならない。どちらを選んでも、大きい困難が立ちはだかっているのだ。

このような状態に陥った場合、普通の人は酒でも飲んで寝てしまうだろうが、哲学者は違う。一般の人の心にもふとしたことで芽生える疑いを深く追究し、結果的に身動きできなくなっているのが哲学者である。哲学者と一般の人との違いは程度の違いだといったが、身動きがとれなくなるような仕方でものを考えるのは一般の人には難しいかもしれない。

(注*) 最近の物理学によると、素粒子の運動には偶然の要素が入っていて、素粒子がどうなるかは百パーセント決定されているわけではないという。だが、偶然の要素が加わっても、それによって自由が生じるわけではない。ボールの動きに偶然の要素が加わってもボールは自由にはならないのである。

ライナーノーツとは何か

ライナーノーツというのは、スリーヴノーツともいい、ＬＰやＣＤについている解説のことである。これで「ライナーノーツとは何か」という問題に答えたことにしてもよいが、まだ答えていないと考えることもできる。というのは、解説とは何かという問題が残っているからである。

実際にいろいろなライナーノーツを見れば分かるが、「解説」といってもさまざまであり、中には、「解説」の概念の変更を迫るようなものもある。

通常、作曲者、演奏メンバー、録音日時などは基本的情報として、どの解説にも書いてある。もし書いていないようなら、買ったのが海賊盤でないか、ナベシキやフリスビーでないか、疑った方がいい。

共通しているのはここまでである。曲の解説となると、千差万別である。

まず、どんなタイプの曲であるかを記したものがある。次のような解説がそれである。

クラシックの名曲をヒップ・ホップ・ファンク風にアレンジし、ニュー・ジャック・スウィング的なノリで演奏されている。ユーロ・ビートのテイストに、R＆BとゴスペルとラップをからめＩ全体としてソーラン節調に仕上がっている。

曲の「あらすじ」のようなものを書いているものもある。たとえば次のような解説である。

ベースがソロでテーマを演奏した後、アドリブに入る。一コーラス目のアドリブが終わったところでドラムとのかけあいになり、それにピアノがからんでくる。最初は緊張した雰囲気で押さえたやりとりが続き、間もなく、ドラムの挑発がきっかけとなって激しい展開となり、三者入り乱れているうちに場外乱闘となって、レフリーの制止もきかず反則攻撃の嵐。ピアノがブレーンバスターから足四の字と攻め、ベースのコーナーキックをヘディングでゴールしてピアノの勝利に終わる。決まり手ははたきこみ。

曲の紹介を完全に無視し、代わりに難解な詩を書いたものもある（こういうのは曲も難解である）。たとえば、次のようなものだ。

牛の目の中の五万光年の深さの涙を
たたえた冥王星が突然振動し、膨張し、
はじけ、おびただしい不良債権を残し、
帰納的に十二指腸に吸収され
タンメンと即自的に統一され、
先天的悟性概念のうちに住まう。
ギョーザが加わって対自となるが、
どうしても一切れ足りない

無理に考えれば、これでも曲について一種の解説になっているということはできる。これを読めば、たぶん、この曲が「おけさ節」のようなものでないことはうかがえるだろうから。

以上で見当がつくように、ライナーノーツの「解説」というのは、LPやCDに書いてある、定価を記した部分を除くことばのことである。だから、何を書いてもCDに書いていさえすれば解説になるのだ。

その解説を書くことになった。知り合いに松本峰明というジャズピアニストがいて、かれの新しいCDに解説を書けという。

ライナーノーツを書くことになるとは思ってもみなかった。どちらかというとCDに録音してくれという依頼を期待していたのだ。

わたしが書くと売り上げが減るのではないか、と思ったが、考えてみると、その心配は無用である。LPのころは、ジャケットの裏に解説が書いてあり、それを参考にして買うかどうかを決めたものだが、CDになると、解説は密封されたCDの箱の中に入っていて、読むことができない。だから、買うときの参考にはならず、どんな解説を書いても売り上げには影響しないのである。

わたしが指名された理由は、そこにある。それに、どんな文章でもCDの箱の中に入っていさえすれば解説なのだから、小学生でも解説は書けるのだ。わたしもたぶん、がんばれば書けるだろう。しかも、演奏者や曲などのデータは松本氏本人が書くというから、間違ったことを書く恐れもない。

こうしてわたしは生まれてはじめてライナーノーツを書いた。その結果が以下の文章である。

わたしは大学で哲学を教えるかたわら、アマチュアバンドでジャズピアノを弾いているが、以前からプロのジャズピアニストに異常なあこがれをもっている。ジャズピアニストは神様ではないのではないかとまで思っているのだ。松本氏の美人の奥さんを見て、ジャズピアニストへのあこがれはますますつのった。こういう奥さんをもらえるなら、ジャズピアニストでなくてもいいとさえ思う。

しかしピアニストといっても、やはり人間である。松本氏のアルバムだけ聴いていると、神様のような姿をしているのではないかと思うが、実際の姿は普通の人間である。知らない人が見たら、ただの中年男だと思うだろう。松本氏が帽子をかぶってタクシーを運転していたら、タクシーの運転手だと思われるだろう。化粧してエレベーター嬢の服を着てデパートのエレベーターに乗っていたら、ヘンタイ男だと思うだろう。

どんなスターでもそうだが、実物を見ない方が夢はふくらむものである。その意味では、彼の写真は載せない方がいいと思う。何なら代わりにわたしの写真を使ってもらってもよかったと思う。名前もわたしの名前にしてもらってもよかった。かれは「松本峰明」という書道家のような名を名乗っているが、本名は弘である。名前を変えた理由は知らないが、たぶん、清算したい過去があったのだろう。

かれの名は一般にはあまり知られていない(家族は知っていると思うが)が、すでにスタジオ・ミュージシャンとして実力が認められており、この点で、まったく実力を知られていないわたしとは違う(実力を知られてなくてよかったと思う)。スタジオ・ミュージシャンは、われわれアマチュアの尊敬の的である。テクニックがあり、楽譜が読め、どんな音楽にも対応できる能力の持ち主なのだ。実際、ジャズ界でもテクニックの確かなミュージシャンは、マイケル・ブレッカーをはじめスタジオ・ミュージシャン出身者が多く、わたしが知らないのだけでも何十人にもなる。

松本氏に好きなピアニストをあげてもらったら、「ディック・ハイマン、アート・テイタム、オスカー・ピーターソン、キース・ジャレット、ハービー・ハンコック」など多数の名があがった。しかしいくら聞いても、わたしの名前は出てこなかった。要するに流麗でフレーズの長いスタイルが好きで、セロニアス・モンクのようにぽつんぽつんと弾くタイプは好きではないというのだ。そういう好みなのだから、わたしが口をはさむ問題ではない。

アルバムの中身だが、収録曲はどれもわたしの趣味に合っている。まるでわたしが選曲したようだ。とくに松本氏の作曲が好きだ。どうやったら、ああいう曲が作れるのか、知りたいものだ。もしだれかから金で買ったのなら、いくらだったのか、知りたい。

前作のアルバムでもそうだったが、サイドメンがまた素晴らしい。今回はギターが加わった編成である。ピアノトリオとギターの組み合わせは難しい。その他にもピアノトリオとの組み合わせが難しいものとして、アコーディオン、鼓弓、三味線、蛇皮線、山手線などがある。わたしの経験からいっても、これらとは音がぶつかることがよくあるのだ。しかしこのアルバムを聴くと、個人の力量がそろっていれば、どんな楽器が加わっても全員が絶妙のコンビネーションを作り出せることが分かる。どんなに小人数でも調和しないわたしのバンドとえらい違いだ（わたしが一人で弾いていても音がぶつかるのだ）。一度でいいから、こういう、ぶつかり合わないコンビネーションをバンドでも家庭でも職場でも味わってみたいものだ。

（松本峰明『オール・オブ・ユー』日本クラウンＣＲＣＩ－２０２９２）

わたしは嘘を許せない

嘘をついてはならない。これは幼稚園児でも知っていることだが、ほとんどの大人がそれを守ろうとせず、幼稚園児のときから嘘をつき続けているのは、嘆かわしいかぎりである。

わたし自身はこれまで一度も嘘をついたことはない、といえば嘘になる。ただ、嘘をつくといっても、一日二回程度だ（これも嘘である）。こどものころ「桜の木を切ったのはぼくです」と告白したワシントンの話を読んで感動したが、結局成人してみると「正直なこども」ではなく、「嘘をつく大人」になっていた。庭に桜の木がなかったためかもしれない。

しかしわたしは正直にいうが、大嘘は絶対につかない（「正直にいうが」とか「絶対に」ということばは嘘つきがよく使う表現だが、わたしは違う）。「三万円落とした」という嘘はついたことはあるが、「三億円落とした」とまで偽ったことはない。年齢については「四十歳だ」とか「七十歳だ」と嘘をつくことはあっても、「四歳だ」とか「四百歳だ」といった嘘はついたことがない。

機械が壊れたとき、「お前が壊したんだろう」といわれて、「おれじゃない。自然に壊れたんだろう」と嘘をつくことはある（これなどは嘘とさえいえない。物が壊れるときは、すべて究極においては自然に壊れるのだ）が、「宇宙人が壊した」とか「ゴジラが壊した」といった嘘はついたおぼえがない。

もちろん、どんなに小さい嘘であっても、嘘をつくべきではない。しかし杓子定規に「正直でありさえすればよい」と考えるのも誤っている。わたしが嘘をつく場合のように、他人のために嘘をつかざるをえない場合があるのだ。たとえば、「お金がどうしてなくなったのか」と問われた場合、「パチンコで負けた」と答えると相手を怒らせ、悲しませることになる。相手にそんな思いをさせたくなかったら、「落とした」とか「スリにやられた」などと答えるしかない。多少でも思いやりのある人ならだれでも、嘘をついてでも相手の気持ちを大切にしようとするであろう。

また、わたしは道を聞かれて、「三番目の角を左に曲がってすぐです」と答えたことがある。このときわたしは道を知らなかったが、答えを切実に求めている人の気持ちを考えたら、とても「知りません」とはいえなかった（それに、わたしの答えがまぐれで当たっているという可能性も否定できない。正直に「知らない」と答えていたら、まぐれ当たりの可能性もなかったところだ）。

人は真実を最優先で求めているわけではない。たとえば、「身体の調子はどうですか」などと聞く人は、本気で心配しているわけではない。こう質問されて、「水虫はややおさまっているんですが、すこし首筋が張っています。それに今朝の尿の色がいつもより濃い感じがしました」と本当のことを包み隠さず答えても相手は喜ばないだろう。医者が「調子はどうですか」と質問しているのとはわけが違うのだ（わたしなら医者に対しても、「快調です」と答える。正直に答えたら何をされるか分かったものではない）。一般に社交辞令（「可愛いお子さんですね」「近くにお出での際は是非お立ち寄り下さい」など）は嘘と決まっており、嘘をつかないとむしろ失礼にあたるのである。真実は二の次で、人間関係が優先されているのだ。

嘘が必要な場合はほかにもある。たとえば、文学には誇張という手法が欠かせないが、これはホラと同じであるし、小説などはすべて嘘で固めているといってもよい。また、演劇などで、「わたしは刑事だ」というせりふをいった俳優に、相手役が、

「嘘つくな。お前は役者だろう」

と答えたりしたら劇にならない。

このように、親切のため、人間関係のため、芸術のためなどの理由で嘘が必要とされる場合はある（わたしの嘘はすべて「必要な嘘」に含まれる）が、それ以外の嘘は許されない。

先日、風邪で休んだときのことだ。風邪が治って職場に復帰すると、まわりの視線が刺すように厳しい。病欠を責めるような非人間的な職場にいる自分をあわれんでいると、同僚が書類の束を持ってきた。

「仕事がたまってますよ。早く仕上げてもらわないと」

「病み上がりだから仕事をするだけの体力があるかどうか。昨日まで病床に臥《ふ》していて起きられなかったんですから。近寄らない方がいいですよ。うつるかもしれない」

「でも昨日お宅に電話したら、外出中ということでした。本当に病床に臥せってたんですか」

「ああ、それは、たぶん医者に行っていたときでしょう」

「医者にかかったのなら好都合です。実は、昨日、病気で休むときは医師の診断書を出すことに決まったんです。診断書をもらって提出して下さい」

このような状況で、だれが「プールで泳いでいた」と告白できるだろうか。ニセの診断書を書いてくれる医者も見つからないだろう。あれこれ思い悩んでいたら、「診断書を出すことになった、というのは実は嘘です」といわれた。嘘をつく人間は絶対に許せない。

二十一世紀になったら

わたしは予測が苦手だ。これまで未来の予測には常に失敗してきた。予測できるのは、「わたしのところは年内は倒産しないだろう（倒産するような事業をやっていないのだ）」とか「年内は年が明けないだろう」程度だ。

とくに人間の行動が関係してくるとお手上げである。これはわたしだけではない。バブルの崩壊をだれが予測しただろうか。株で儲けている人がいるだろうか。期待した通りの結婚生活を送っている人がいるだろうか（期待通りだと思い込んでいる人はいるが）。

それでもいくつかのことはいえる（いおうと思えば何だっていえるのだ）。

二十世紀はグローバル化の始まりだった。二、三年前、イギリスで衛星テレビの問題点が報じられていた。問題点は国によって違い、中国政府はニュースが入ってくるのを恐れ、フランスはアメリカの娯楽番組がフランスの文化を破壊することを恐れ、イギリスはヨーロッパのポルノが流入するのを恐れていた。

だが恐れようと恐れまいと、いずれは自国の枠の中に収まっていることはできなくなるだろう。衛星テレビやインターネットのような情報通信分野にかぎらず、農業や金融を含むすべての産業が地球規模でしか機能しなくなりつつある。環境、伝染病、貧困などの問題も地球規模の解決を迫られるようになったし、戦争まで地球規模になっているのだ。

二十一世紀には、この傾向が極限まで進み、その結果、文化や社会システムは大きく変化するだろう。とくにアングロ・サクソン的なものが支配的になるような気がする。日本が今まさに直面しているのが、アングロ・サクソン化の流れである。日本は、年功序列、談合、保護行政などのように、何も考えないでよいシステムを作りあげてきたが、何も考えずに競争していればいいというアングロ・サクソン的なシステムに転換することを余儀なくされている。

価値観の上でもアングロ・サクソン的な価値観が世界を制圧するだろう。たとえば女性やマイノリティに対する差別撤廃の動きはさらに進むに違いない。現在でも、アメリカの大学で哲学教師を採用する際、マイノリティや女性を優先するところが多く、分野によっては女性研究者が大多数を占めるような状況なのだ。この傾向が進みすぎて、男性解放の運動が起きるかもしれない。

アングロ・サクソンに始まる動物愛護の流れもますます加速するだろう。動物実験はもとより、肉食も野蛮だとされる可能性もあると思う。その反動で人間愛護が叫ばれるかもしれない。

しかし何千年という人類の歴史の中で変わらなかったものがある。それは人間性である。二十一世紀になっても人間は相変わらず、欲深く、愚かで、理解不可能な行動をしているだろう。二十一世紀に登場する若者も、相変わらず信じられないほど愚かで、大人のひんしゅくを買うだろう。現在の若者たちがかれらを見て眉をひそめている姿を見るのが楽しみである。だが、そのころまでわたしは生きてはいないだろう（この予測だけは本当に外れてほしいものだ）。

大学の塀は何のためにあるか

塀とか鍵といったものは、二つの機能をもっている。外敵の侵入を防ぐ機能と、中にいる者を閉じこめておく機能の二つである。

わたしにとって、大学の塀と鍵はもっぱら、わたしを閉じこめる機能を果たしている。最近、大学を出るのが深夜になることが多く、門に鍵がかかってしまうのだ。遅くなる原因はさまざまである。仕事をしていてつい眠り込んでしまった、パソコンをいじっていてつい眠り込んでしまった、ちょっとひと寝入りしようと思ってつい眠り込んでしまったなどだ。

塀で囲まれた空間に閉じこめられた場合、だれもがすぐに考えるのは、塀を乗り越えるということだろうが、わたしはそういう芸のないことはやらない。こういうときわたしは門を乗り越えることにしている。門の方が低くて乗り越えやすいのだ。

昔、大学生のとき、クラブ活動で帰りが遅れ、大学の塀を乗り越えようとしたことがある。塀を乗り越える経験はそのときまだ十五回目くらいだった。まさに乗り越えようとしていたとき、運悪く見回りの守衛に見つかってしまった。とっさに言い訳を探し、

「中に入ろうとしていたところです」

といおうとしたが、それでは逆効果だ。迷っていたら、守衛が近づいてきてこういった。

「乗り越えるなら、あそこの方が楽だよ」

それ以来、わたしは数え切れないほど塀を乗り越えたが、こういうことは学生だけがやることだと思っていた。教授をやっているような人間が塀を乗り越えるとは思ってもいなかった。まして、その教授がわたしで、塀でなく門を乗り越えるようになるとは夢にも思わなかった。

毎日のように門を乗り越えていると、乗り越えやすいかどうかでその日の体調が分かるようになる。楽に乗り越えられない場合、いくつかの原因が考えられる。主な原因としては、①太った、②ジャンプ力が衰えた、③腕力が衰えた、④門を乗り越える体力をつけるために腕立て伏せをやりすぎた、⑤門がいつの間にか高くなった、⑥地球上の重力が突然大きくなった、⑦ズボンのベルトが門のところにひっかかっている、などがある。

乗り越えるときは、深夜だから人通りはないし、別に悪いことをしているわけではない（と思う）のに、つい人目を忍んでしまう。門を乗り越えて中に入るのは犯罪になるかもしれないが、乗り越えて外に出るのが何かの罪になるとは聞いたことがない（住居侵入罪というのはあるが、住居退去罪というのはないと思う）。それでも何となく悪いことをしているような気持ちになる。わたしの良心が強すぎるためだろう。

どうせろくに仕事をしないで居眠りしているのなら、早く帰宅すればよさそうなものだが、どうしても大学を出るのが遅くなってしまう。これは、だれもいない建物の中に一人でいるのがいかにも居心地がいいからである。

わたしの研究室にはテレビもないし、ラジオもステレオもない。娯楽本もない。にもかかわらず気持ちが安らぐのは、仕事場にいることで仕事をしているような錯覚に陥ることができ（本当に仕事をしていたら安らいだ気持ちにはなれないだろう）、何よりも、わたしに指図する者が近くにだれもいないという理由によるのだと思う。つい眠り込むのも、リラックスできているからであろう。研究室で暮らしたいくらいだ。

逆に大学の外にいるとき、とくに家の中にいるときは、なぜか窮屈な感じがしてならない。大学の塀は、わたしを閉じこめていると思っていたが、実は家や世間を閉じこめてくれているのだ。できれば大学の門は一日中閉め、出前とわたし以外立ち入り禁止にしてもらえないかと思う。そしてだれも乗り越えて入って来ないよう、塀と門をもっと高くしてもらいたい。

それでも美人になりたいか

男でも女でも、容貌には美醜の区別がある。ちょっと考えると、容貌に恵まれていた方がいいように思われるかもしれないが、容貌に恵まれていたらいたで苦労が多いものである。本人がいうのだからたしかである。

男の場合、容貌はあまり重要ではないと考えられている。現に「男は頭！」というポスターが近所の散髪屋に貼ってあったほどだ（靴屋なら「男は靴だ！」、幼稚園なら「男は幼稚だ！」、ゴミ処理業者なら「男はクズだ！」というポスターを作るだろう）。

ほとんどの男は、「自分がモテないのは顔のせいだ」と考えているが、実際には、モテない原因は顔ばかりではない。顔のように、どうにもならないもののせいにしておくと、何も努力する必要がないため、便利なだけなのだ。実際には、性格が悪い、盗癖がある、妻子がいる、もう死んでいるなど他にも原因があるものである。

実際に女に聞いてみると、ハンサムな男も思ったほどモテないらしい。ハンサムだと、どうしても「ハンサムだということを鼻にかけている」ように見られやすく、ハンサムな男を嫌う女が十万人に一人くらいはいるというのだ。むろん、ハンサムでもないのに、ハンサムだということを鼻にかけるようでは絶対にモテないだろう。

やはり人間は顔だけでなく、心も大切なのだ。その点、自分でいうのもおこがましいが、わたしはただのハンサムではない。ハンサムでもないくらいだ。

ただ、余談になるが、わたしは若く見られるたちである。いまでもよく「お前は幼稚だ」とか「こどもじみている」といわれるが、十数年前、四十歳のころは、二十歳くらいに見られていた。高校生までは胎児に見られていたものと推測される。今は五十歳くらいに見られるから、実際の年齢は七十歳くらいになっているはずだ。

もちろん、若く見えてもモテるわけではないことは、自信をもって断言できる。ハンサムであるだけでなく、あらゆる条件がそろっていたとしても、一億人に一人くらいは気に入らないという女がいるのだ。女というものはわがままなものである。

ひるがえって女の美しさについてはどうだろうか。

最近の女はきれいになってきた。つい何万年か前には、サルと見分けがつかなかったのだ。きれいになった原因はいろいろ考えられる。

①何を美しいと感じるかという感じ方が変化した。もし何万年か前の類人猿が今の人間を見たら、「あいつらはすっかり醜くなった」という意見をもつだろう。人間の方も、サルを醜いと思うようになった。どちらの意見も、ともに根拠はない。おそらく自分に近いものの方を高く評価する「身びいき」の一種であろう。

②美人になるための補助手段が発達した。補助手段としては、化粧、服装などがあるが、とくに効果的な補助手段は、本人の思い込みである。

美人は全女性のうち一割くらいしかいない、と考えられている。にもかかわらず全女性の九割が、自分もその一割のうちの一人だと考えているのだ。

しかし美人はそんなにいいものなのだろうか。自然界を見ても、美しければいいというものでもないことは明らかである。

鮮やかな色をしたヘビにはたいてい毒がある。鮮やかな色をしたキノコは毒キノコである。どうして毒と鮮やかさが結びついているのか知らないが、美しいものには毒があるというのが自然界の法則である。ただ、人間の女の中には、美しくないのに毒をもっているのがいる。とくに妻は字まで毒に似ている。

美人にも利点はある。たとえば、おうおうにして顔だけが注目され、内面を見てもらえない、という利点がある。これがもし不美人だったら、内面で勝負しなくてはならず、苦難の道を歩まなくてはならないところである。内面を磨くのは、顔に化粧品を塗るよりはるかに困難なのだ。いかに困難であるかは、男を見ればよい。男は化粧品でごまかすわけにもいかず（「化粧品できれいになるのは男らしくない」といわれるのだ）、内面を磨くしか道がないが、男は全員、どうやったら内面が磨けるのか分からないまま、見当違いの努力をした結果、悲惨な状態に陥っているのだ。

美人ならこのような苦労はしなくてよい。しかし、美人の利点はこの程度である。美人には、この利点をはるかにしのぐ大きい困難が待ちかまえている。

（1）よく知られているように、美しさは長続きしない。美しさがいつ失われてしまうかという不安が美人にはつきまとう（その点、不美人は長続きする。突然美人になることはなく、死ぬまで不美人のままであると考えてよいから、不安にさいなまれることがない）。

（2）顔というものは、自分には直接見えない構造になっている（もし自分の顔を直接見ることができるような顔の人がいたら、その人は美人とはいえないだろう）。美人の美しさを見る快感を味わうのは、まわりにいる人である。恩恵をこうむるのは美人のそばにいる者で、美人本人は、まわりに快感を与えても、自分ではそれを味わえないのである。ちょうど、おいしいマグロは、食べる人に喜びを与えるが、マグロにとっては、おいしくもなんともないのと同じである。

（3）たしかに男にモテるのは事実だが、これは、好きでもない男につきまとわれやすいということでもある。いいよる男を次から次に追い払い、ストーカーにねらわれて疲れ果てたころ、結局ロクでもない男と結婚したりするのだ。事実、美人と結婚する男は、わたしが見るところでは、例外なくロクでもない男である（注＊）。

（注＊）男の意見では、男は三種類に分類される。イイ男、普通の男、ロクでもない男、の三種類である。「イイ男」は、女から相手にされず、「どうしてこんなイイ男が相手にされないのか」と思われるような男である。「普通の男」は、普通に結婚して、普通に不幸な結婚生活を送っている男である。「ロクでもない男」は、美人と結婚する許せない男である。

（4）好きな仕事につくのが難しい。美人によくあるのは、友人が勝手にオーディションに申し込み、そのつもりがなかったのに女優になってしまうといったケースである。このように美人はまわりがほうっておかないため、自分の意志とは関係ない道に進むことが多い。いくら本人がお茶汲みの仕事がしたい、銀行強盗になりたいと思っていてもまわりが許さないのだ。

（5）わたしが調査したところによると、ストーカー以外にも、さまざまな被害に見舞われる傾向がある。

①白血病になりやすい。ドラマを見れば分かるように、白血病にかかるのは美人と相場がきまっている。水虫などのように、美人がかかるとは考えられない病気もあるが、一般に身体は丈夫でなく、「美人薄命」といわれている通りである（しかしこれとは違う考え方もある。実際には同じ年数を生きているのだが、美人は「死ぬのが早すぎる」と思われ、不美人は「長生きしすぎだ」と思われるだけなのかもしれない）。

②殺人事件に巻き込まれやすい。それも、裸に近い恰好で殺されることが多い。また、犯人であることが多い。いずれにしても不幸な結果に終わるが、警察官や弁護士も、活躍するのはたいてい美人である（以上、「サスペンス劇場」などのドラマが教える通りである。テレビなどを注意して分析すれば、驚くほど多くの情報がえられるものである）。

（6）何といっても、最大の欠点は、次の三法則が成り立つことである。これをわたしは経験で知った。

①美人にかぎって、性格が悪いことがある（不美人は性格が悪くても目立たない）。

②美人で性格がよい女にかぎって、男を見る目がない。

③美人で性格がよく、男を見る目がある女にかぎって、わたしを見る目がない。

ここまで読んで、美人でなくてよかった、と胸をなでおろしている人にいっておきたい。油断は禁物である。美人の尺度は時代とともに変化する。ミロのヴィーナスからピカソまで美の基準は変化するのだ。いつなんどき、あなたが美人とされるかもしれない。それが三百年後になるか、五万年後になるかは分からないが。

内容勝負のスピーチ

スピーチは難しい。とくに、結婚、卒業、入学など、人生の重大な節目に贈ることばとなると、真剣に聴いている人は一人もいないにもかかわらず、責任は重い。これまで経験を重ねてきて分かってきたことは、スピーチは内容だ、ということである。含蓄のある内容でないと人に感銘を与えることはできない。わたしのスピーチは、人に感銘を与えるにはほど遠いが、スピーチの経験はいやというほど積んでいる（いやになるには一回の経験でも十分である）。参考のために、わたしが過去に行なったスピーチをいくつか紹介する。

【結婚式】

哲学者が悪妻をもつことは珍しくありませんが、お二人のように哲学を研究する者同士が結婚することは、世間的にはめずらしいことだと思います。この場合よく、「哲学と結婚は両立するか」という問題が出されることがあります。しかしわたしはそれ以前にもっと根本的な問題があると思います。「結婚と幸福は両立するか」、「夫と妻は両立するか」、「二人の哲学者の間に歩みよりというものがありうるか」、などがそれです。これらについては、わたし自身解決をみるにいたっておりません。しかし、せめて「結婚と平和は両立できるか」、あるいは「両立しないという事実に気づかないでいるにはどうしたらいいか」ということくらいは考えておかねばなりません。

お二人は、さっきのお話にありましたように、今はムンクの絵で結びついているかもしれませんが、結婚してしばらくすると、いろいろなことで意見が対立するようになります。はじめはなんでもない世間話をしていても、そのうち意見の対立があらわになって喧嘩に至る、ということが起こるようになります。このような場合、対策は二つあります。一つは、対立しそうな話題をはじめから極力避ける、という方法で、これはわたしが実践している方法です。

平和を保つもう一つの方法は、言うまでもなく、互いに意見を主張して、しかも喧嘩には発展させない、たとえ喧嘩になっても哲学的な議論にすりかえる、という非常に困難な、前人未到の方法です。わたしはお二人には、この道を歩まれることを強く希望します。これまでのスピーチで婉曲にいわれていたように、幸か不幸かお二人とも議論になると一歩もあとにひかない固い信念の持ち主です。互いに妥協を排して対決し、弁証法的に止揚していけば、新しい哲学が生まれるのではないかと期待されます。そのためであれば、家庭の平和は犠牲になってもいいのではないでしょうか。妥協による偽りの平和よりも、真理の探究を目指していただきたいと期待しています。

【予餞会①】

ご卒業おめでとうございます。といっても、正式には卒業できるかどうかまだ決まっていません。こういうとき、日本語の「おめでとう」に仮定法や希求法の形がないのが残念です。

みなさんが入学された時の歓迎会には先輩があまり出席していませんでした。入学した時に歓迎されなかったのと対照的に、みなさんを送るこの送別会では、大勢の後輩が出て拍手を送っています。これでもしだれかが留年だということが分かったら、袋叩きにあうにちがいありません。しかしこういうことは、いつものようにあまり深く考えないで（深く考えないのは得意なはずです）、明るく生きていってほしいと思います。過ぎ去った思えば、みなさんが入学してから今日まで、悪夢のような四年間でした。過ぎ去った今になって振り返ってみると、長かったなと思います。苦しいこともありましたが、つらいこともありました。今の心境は、国破れて山河ありの心境です。

これから大学という温室を出て、現実の社会というぬるま湯の中に入るわけですが、ふやけてしまわないように希望します(何のことか自分でもわかりませんが)。今までのようないい加減なことで世間を渡れると思ったら大当たりです。渡る世間に鬼はない、といわれますが、それもそのはずです。鬼はこれから世間に出ていこうとしてここにそろっているのですから。

話が支離滅裂になり、みなさんが書く論文のようになってしまいました。要するに、わたしがいいたかったことは、恩返しを忘れるなということです。


【予餞会②】

卒業見込おめでとうございます。本日はお日柄も悪く天気も悪く、みなさんの前途を暗示しているように思えてなりません。あるいはみなさんを採用した会社の前途を暗示しているのかもしれません。

最近不景気になって世の中も暗くなってきましたが、わずかに明るいのはみなさんが大学からいなくなるということです。これで大学に平和が訪れる、と思うと名残り惜しい気持ちです。思い返すと、わたしの教育の歴史は失敗の歴史でした。それでもみなさんはえらかった。まがりなりにも卒論を書き、どんな者でも何とかなることを証明しました。これからも、この調子で十年間死物狂いでがんばれば、必ず年をとることができるでしょう。

わたしは会社がどんなことをしているのか知らないので、はっきりしたことはいえませんが、会社と大学の違いは、たぶん、会社では働かなくてはならない、という点にあるのではないかと思います。こういうと、「えっ、そんなの知らなかったわ。働かなくちゃいけないの？」という人がいるに違いありませんが、現実は厳しいのです。働いているとつらいこともあるでしょうが、大学でやったことの罰として考えれば、耐えることができるのではないかと思います。しかし考えてみると、実際に罰を受けるのは会社の方ではないでしょうか。みなさんがやったことの罰を会社が受けるのだから、会社というのもつらいものです。みなさんのご健闘、いや、むしろみなさんが入る会社のご健闘をお祈りします。

【謝恩会】

本日はお招きありがとうございます。このようなおもてなしを受けるようなことを、わたしは何もしておりません。わたしがしたことは、ただ、我慢することだけでした。

みなさんがいなくなると、お茶の水女子大は、イラク軍が出ていった後のクウェートのように平和になると思います。あとはいくら大暴れしてもかまいませんが、クウェートには二度と攻め入らないようお願いします。

少し心配なのですが、内定取消しということがあると聞きました。自分が取り消されていないか、そもそも内定していたのか、たしかめておくことをおすすめします。それからみなさんを採用した会社のことですから、もうつぶれているかもしれません。これもたしかめておいたほうがいいと思います。ただしいっておきますが、もし会社がつぶれていたとしても卒業の取消しはできません。

先ほど代表の方が、学科の名を汚さないようにがんばるとおっしゃいましたが、そのための一番いい方法は、お茶の水女子大の哲学科の出身であることを隠しておくことだと思います。ともあれ、みなさんのご健勝とご活躍を祈っております。

【新入生歓迎会】今みなさんは希望に満ちあふれておられることでしょう。自分は前途洋々、無限の可能性があると錯覚しておられると思います。ちなみに年をとっても無限の可能性はありますが、どちらかというと無限の不幸の可能性といったほうがよくなります。

時間というものは、思っているよりもはるかに早く過ぎ去ってしまいます。みなさんも、ちょっとぼやっとしていると、ここにいる二年生のようになってしまいます。さらにぼやっとしていると、そこにいる助手の人のようになってしまいます。さらに一万回ほどぼやっとしていると、ここにおられる女性教官のようになってしまいます、いや、失礼しました、なることができます。

一生懸命がんばって恩返しのできる人間になってくれることを期待しています。

首相になれといわれたら

1

こどもの頃、一番えらい人は首相だと聞かされて、首相になろうと決意したことがある。しかし一週間ほどしてプロレスラーの方が魅力的に思えて、首相になるのは断念した。これは主として、首相がどんなことをする人なのか、よく分からなかったからである。今でも、首相が新聞に出る以外に何をしているのか、よく分からない。しかし、社会人として首相の仕事も知らないでいいのか、万一、首相になってくれと頼まれたらどうするのか、と思い直し、就任以来の橋本首相と首相番記者とのやりとりを記録した「首相動静」を読んでみた。

橋本首相は、一九九七年八月現在、成功した首相になりつつある。就任して一年半がたつが、支持率は五十パーセントを越えている。わたしが首相として成功する上で参考になるかもしれない。

首相になってくれと頼まれたら、まず、首相になることが歓迎すべきことかどうかを検討する必要がある。首相になりたがる人は多いが、だからといって首相が歓迎すべき仕事だとはかぎらない。多くの人は結婚したがるし、高脂肪の料理を食べたがるが、だからといって結婚や高脂肪の料理が歓迎すべきだという結論は出てこないのである。

首相という地位は何といっても、最高権力の座だとされている。権力というものは歓迎すべきものではないか、と考えられるかもしれない。しかし権力といっても何が思い通りになるのだろうか。たとえば首相になったら自分のこづかいを増やすことが簡単にできるのだろうか。

それどころか、ちょっと考えると、首相になったら思い通りにならないことばかりになりそうな気がする。各方面からのつきあげというものがある（幸い、現在のわたしには妻と学生からのつきあげしかない）。自分の考えを通せば各方面から苦情がくる。各方面の意見ばかり聞いていると、指導力がないと批判される。自覚からの圧力に耐え、国会の承認を得る努力を払い、外国の反応を考慮し、官僚を説得し、マスコミの批判をかわさなくてはならない。

その上、面倒なことに、国民のことまで考えなくてはならないのだ。そしてこの「国民」というものが、簡単ではない。国民といっても、利害も違えば意見も違い、千差万別である。どうやったら「国民のことを考える」ことができるのか、見当もつかない。幸い、大多数の日本国民は、首相が何をするかより、ドラマの結末やプロ野球の結果の方に関心を抱いているからいいようなものの、そうでなかったら何も決定できないだろう。こづかいを増やすためにこんな苦労を強いられるのなら、家出した方が簡単だ。

このように考えただけでも、こどものころ首相になるのを断念しておいてよかったと思う。さらに詳しく見れば、首相がいかに損な職業であるかがもっと明らかになる。

首相とプロ野球の監督は、多くの人の批判の対象になっている。妻やこどもに手を焼き(ほとんどの男がそうだ)、首相の氏名も正確に書けないような人が、野球監督や首相を見て、「自分ならもっとうまくやれる」とかたく信じているのだ。中には、首相を批判しないとひとかどの社会人に見えないのではないかと考えて、見栄で批判する人もいるし、ストレス解消のために首相の悪口をいう人もいる(批判するのは簡単だ。新聞や雑誌には批判がいっぱい書いてあるから、その通りにいえばいいのだ)。

これを他の場合と比較すると、首相の特殊性が分かる。たとえばノーベル賞をもらった学者を見て「自分ならもっとうまくやれる」と思うような人がいるだろうか。大工がかんなをかけているところや、こどもが一輪車に乗っているのを見て、「自分ならもっとうまくやれる」と思う人がいるだろうか。首相や野球監督ほど、多くの人から「自分ならもっとうまくやれる」と思われている仕事は珍しいのである。

首相の仕事は野球監督よりさらに不利である。首相は、都合の悪いことすべてに責任があると思われている。仕事がうまくいかない、家庭不和だ、健康がすぐれない、働く気がわいてこない、などの責任はすべて政治にあり、最終的には首相のせいだ、と考えられてしまうのだ。

野球監督の場合はそこまで責められることはない。せいぜい「酒がまずい」とか「家の中が暗くなった」どまりである。

首相になる者は批判をがまんしさえすればいいというものでもない。首相には当然、並み外れた判断力が必要である。首相は一国の国民の運命を握っているのだ。判断を誤ったら、「あっ、ごめん」ではすまない。「自分の方がうまくやれる」と信じているほとんどの人に聞きたい。一体だれが、自分の結婚を振り返ってみて、自分に判断力があると胸を張れるだろうか。わたしのように胸を張れるのは少数だろう（わたしは結婚するとき「たぶんうまくいかないだろう」と予想していたのだ）。ラーメンを注文した後、

「タンメンにすればよかった」と後悔したことのない人がいるだろうか。この程度の判断力もなくて、首相を批判する資格はない。

しかしこの点については、それほど心配することはないかもしれない。実際問題として、判断力があるかどうかは簡単には判定できないのである。首相が下すような判断は、たいていの場合、複雑な要因がからんでおり、因果関係が錯綜しているため、不都合なことが起こっても、だれのどの判断が誤っていたのかがはっきりすることはまずない。はっきりするとしても、たいていは数年後である。しかもその評価は専門家の間でも分かれるのが普通である（この点では、野球監督より有利である。監督の采配の結果は、こどもでも判定できるほどはっきりした形で出る）。

このため、首相が失政をとがめられて辞めさせられるということはほとんどない。たいていは、反感を買うような発言をした、ウソをついた、あるいはたんに国民に飽きられた、といった、恋人と別れるのと同じ理由で、国民の支持を失うのである。

そもそも国民の大部分は、政策よりも人柄で首相の力量を判断するものである。風采や態度を見て「この人なら大丈夫」と何の根拠もなく判断するのだ。しかし人柄がよくても無能な政治家はいっぱいいるし、政治家にかぎらず、医者、芸術家、学者、職人など、専門的職業の場合、人柄と能力は一致しないのが普通である。むしろ天才的な芸術家や学者は、個人的にはつきあいたくないような人間であることが多い。

しかしそれでも人柄で判断せざるをえない事情もある。政治家の場合、政策で判断することはきわめて困難である。対立党との政策の違いが分からなくなってきているし、政策の違いがはっきりしていても、どちらの政策が望ましいのか、簡単には判定できないからだ。

首相の政策は施政方針演説で表明されるが、この演説内容が多岐にわたりすぎていて、ポイントが分からない。詳細にわたりすぎると思われるのに、自民党の一部から「宗教法人のことに触れなかった」と文句が出たりしているのだ（九六年一月二十三日）。たぶん、施政方針演説というものは、国民に理解してもらうことより、遺漏なく網羅することを目標にしているためだろう。

それにしても、一度に決意できることの数には限度があるのではないか。演説で列挙されているものを全部一度に決意できるものなのだろうか。どんなに欲張った新年の決意でも、十個どまりだろう（わたしの今年の信念の決意は十個だったが、それでも多すぎた。一夜明けたら忘れていたのだ）。基本的なヴィジョンを示し、個別的な事柄は、そのヴィジョンを実行する手段として語るようにできないのだろうか。

とにかく、どんなことをどういう理由でやりたいのか、国民はあまり理解しておらず、風采や態度で評価するしかない。その結果、首相は本来の専門的能力以外の点で批判されることになる。

しかもこの批判はかなり勝手である。たとえば、橋本首相は人間味がないといわれることがある。しかし国民は人間味のある首相を本気で求めているのだろうか。方言をしゃべったり、ギャンブルにのめり込んだり、臆病だったり、責任転嫁したり、ちょくちょく失敗する、といった人間味のある首相がいたら、口をきわめて非難するのではなかろうか。むしろ首相には、普通の人間を超越したスーパーマンであることを求めているのではないかと思う。

国民の一般的考えを整理すると、こうなる。

①首相はスーパーマンでなくてはならない。
②そのスーパーマンは、「人間的」でなくてはならない。
③自分はスーパーマン以上の能力がある。

実に勝手である。

首相になったらこのような勝手な批判をあびる運命にある。普通の人ならここで首相になるのを断念するだろう。もちろんわたしも、いわれのない悪口をあびるより、いわれのない悪口をいう方がずっと好きだ（一番嫌いなのは、いわれのある悪口をあびることだ)。この点でわたしは首相として失格である。ここで断念するようなヤワな人間なら、首相の資格はないのだ。実際、こんなことにオタオタするような人に、国の運命をゆだねるわけにはいかないのである。

2

かりに、何かの奇跡によってわたしが強靭な神経の持ち主になったとしたら、あるいは、わたしがいくら断わっても首相になってくれと頼まれたらどうするだろうか。

わたしははじめ、首相というものは、執務室にこもって沈思黙考しつつ、いざというときに備えて胆力を鍛えながら居眠りをしているのだろうと思っていた。しかしそうではないことが「首相動静」を読んで理解できた。毎日がいざというときなのだ。

どの首相経験者も否定すると思うが、わたしの考えでは、首相の最も大きい、隠れた作業は、祈ることである。首相は、まず、日本国民にとって何が最善であるかを判断しなくてはならない。これは大問題であるが、普通は、ほとんどの国民が望んでいることを善とするしかない。平和、経済的豊かさ、生命財産の安全、快適な生活などが善とされるだろう。しかし、それらの中身が問題であるうえ、どれをどう優先させるのが最善かを決める必要がある。場合によっては一つを実現すると他が犠牲になることもあるから、これは簡単な作業ではない。

困ったことに、どれを優先させたらいいのかを決める機械的手続きは存在しない。決められた規則に従っていればいいというわけにはいかない。そのような規則もマニュアルもないのだ。ここで「決断」が必要になる。ちょうど、タンメンを注文するかラーメンを注文するかに迷ったとき、最後には決断するのと同じである。決断はギャンブルのようなものだ。決断が正しいものであることを、神に祈るしかない。

どれを優先的に実行するかを決めた後もやっかいである。どうすればそれを実行できるか、それを確実に知る方法もおうおうにしてないのだ。典型的な例は経済である。バブルのとき、専門家である学者も官僚も政治家も予測に失敗した。これは専門家といっても、物理学の専門家というのとは意味が違うからである。物理学の場合なら、物理法則があり、比較的簡単に結果を予測できる。しかし、経済を含めた人間の行動は簡単に予測できない。法則というものがあるのかどうかも疑問である。人間の行動、たとえば自分の妻の行動がいかに予測できないかを考えてみればいい。何を望んでいるのかをい い当てたり、三時間後の妻の行動を正確にいえる男はいないだろう。精神分析の創始者フロイトでさえ、「何十年も研究してきて、どうしても分からないことが一つある。それは女が何を欲しているかということだ」と述懐しているのだ。一人の人間でさえこうなのだから、一億人の経済行動の結果がどうなるか、簡単に分かるはずがない。

政治が扱う問題は一般にこのような性質をもっている。どんな教育をすればいじめや少年犯罪がなくなるのか、だれも正解を知らない。外交問題にしても、災害やテロなどにしても、「こうすればこうなる」という物理法則のようなものは存在しない。「こうすれば万全」という手続きは存在しないのだ。

さらに、ゴミ、エネルギー、環境、新型ウイルス、新技術など、政治が考慮に入れなくてはならない問題が増えてきており、何がどこにどう影響するかを正確に知ることは不可能である。影響は最終的に多くの人の生活に及ぶから、責任も重大である。

だから、わたしが首相として何かを決断したら、「いい結果が出ますように」と祈らずにはいられないと思う。祈らずにすむようなら、たいした決断を下していないのだ。

他の仕事と対比させてみれば、首相の仕事の特殊性は明らかだ。たとえば、だれでも、「わたしのいっていることが真実であってくれますように」と祈るような教師に教えてほしいとは思わないだろう（かわいそうに、わたしの学生はその運命に耐えている。わたしがわたしの学生でなくてよかった）。医者が「この注射が効いてくれますように」といったお祈りばかりしていたら、患者は不安になるに違いない。これらのことについては、運に頼ることは許されない。

これに対して首相の仕事は、運に頼らざるをえないような部分がある。だから名宰相になるかどうかは偶然の要素が大きいように思う。わたしが首相になったら、毎朝、「どうか困った事態が起きませんように」と祈るだろう。それ以前に「どうか早く任期が切れますように」と祈るだろう。もちろん、任期切れを待ち望むようでは首相として失格である。

3

しかし多くの首相は続投を願うのだから、やはり並みの人間ではない。わたしの理解を越えているところがある。

わたしが橋本首相と首相番記者とのやりとりを読んで最初に感じたのは、これは会話としては異常だということだった。普通なら、質問されて「その質問には答えない」と応じるようなことはまずない。あっても、すねた小学生か、機嫌の悪いときの妻くらいのものだ。しかるに首相と記者のやりとりでは「答えない」という趣旨の発言がしばしばなされている。そのやりとりは、会話というより、「攻防」とか「対決」という方が近い。どうしてこうなるのかわたしには理解できない。

職場や家庭でいくら叫んでもだれも耳を傾けようとしないわたしのような者からみると、記者が数人つねにへばりついて、一言一句聞き漏らすまいと鉛筆をもって待ち構えているのは、むしろうれしいような気がする（しかしのべつまくなしということになると、さすがにいやになるかもしれない。世の中、ちょうどいいということがないものである）。

ほとんどの首相がマスコミと敵対関係にあったのも理解できない。マスコミが誤解したり、曲解した報道をするからだろうか。首相を批判するからだろうか。しかし首相を目指すような人は、批判にくじけるようなタイプではないはずである。

首相の発言は影響力が大きいため、あたりさわりのないことしかしゃべることはできないが、一方、記者は何か重要なことをしゃべらせようとする。だから攻防になるのは当然ともいえるが、橋本首相のように政権基盤が強くない首相は、マスコミを味方につけるために記者にはもっと親切にするのかと思っていた。

普通に考えると、消費税にしろ、住専処理にしろ、反対されそうなことがらで国民の賛同を得たい場合、記者会見などを通して、さまざまな選択肢の得失を説明し、国民を説得しようとするのではないかと思う。そしてそれでも説明の足りない点を首相番記者が質問し、首相が補足する、という形をとるのが自然だと思われる。こういう形なら首相と記者は協力しあえるだろう。

わたしが首相なら、実現したい政策を報道を通してアピールしておき、正当な理屈がないかぎり反対できないような雰囲気を作ってしまうという政治手法をとるだろう。そのためには報道陣が不可欠になる。しかし、このやり方をだれも使わないところをみると、政界というものが、こういう手法が通じないようなところなのかもしれない。

これとは別の手法の方が効率的だという考え方もある。国民の理解を得る以前に、委員会、国会、官僚などに支持されなくてはならない。だから、これらを説得するのが急務で、国民がどう受けとめるかは二の次だ、という考え方だ。

橋本首相の立場は、歴代首相と同じく後者の立場に立ち、国民に理解させるのは首相の仕事ではないと考えているように思われる。

首相は、しばしば報道の仕方に不快感を表明したり、記者に対して厳しい態度をとったりしている。記者とのやりとりから推測するに、おそらく、首相が報道に望んでいるのは、正確な報道はもとより、首相の政策に対してきちんとした問題点の指摘をしてほしいということだろう。事実、首相はしばしば、記者に勉強を要求し、質問の仕方に注文をつけている。

たとえば、
記者「公共事業の中でどこを削るとか、本当の構造改革はむしろこれからという気がするが」
首相「君は中身を知っているの。下水道の伸び率がどうだとか。中身を知ってから物をいいなさい」(九七年六月三日)
とたしなめたりしている。
よく指摘されることだが、「あのねえ」という表現もよく使う。これは、質問が的外れだと思っていることを示すための表現である。それ以外にもしばしば質問を論評し、「(その質問は)おしゃれじゃない」、「スマートじゃない」、「やぼだ」など、美学的表現を使うことが多い。ときには、「くだらない」、「ポイントがずれている」、「何で君に話さなくちゃいけないんだ」、「口もききたくない」とまで苛立つことがある。
一般人のやりとりでは、このように質問の仕方に論評を加えたり、いちゃもんをつけたりすることは少ないが、わたしはときどき経験する。わたしの質問の仕方にいちゃもんをつける学生がいるのだ(こういう学生は感じがよくない)。
記者に勉強を要求するだけあって、さまざまなことがらに関する首相の精通ぶりには瞠目すべきものがある。たとえば、公務員の一括採用、海外の人の叙勲、東京湾タンカー油流出事故、林野事業の歴史、官僚の組織などについて、きわめて細かく問題点を指摘して、記者を圧倒している。そしてそれらの問題点を考えているのか、と反省を促している（これはわたしの場合もよくあることである。わたしが何かいうと、学生がさまざまな問題点を指摘して反省を促すのだ）。

指導者には問題点を指摘するタイプと、「問題点があったらそれを何とかしろ」と命じるタイプがあるが、橋本首相は前者である。実際よくいろんなことに気づくと思う。いろいろな問題点に気がつく人は、おうおうにして決断力がないことが多いが、橋本首相は決断力もある。首相が結婚しているのがその証拠だ。もしかしたら結婚のとき例外的に問題点に気づかなかったのか、あるいは、まったく問題点のない、奇跡の理想的結婚生活を送っているのかもしれないが。

記者の質問はさまざまだが、感想とか心境をたずねるものがかなりの部分を占めている。当然ながら、この種の質問には予想できる答えしか返ってこない。憂慮、懸念、遺憾、感謝、怒りなど、期待される答えがほぼ決まっており、わざわざ聞く必要があるのか、疑問である。橋本首相も「いちいちそんなこと考えてないよ」と面倒げである。

さらに驚いたことは、住専処理、竹島問題、北海道トンネル事故、HIV資料公開、など多くの問題が目白押しのときに、記者が大胆にも「バレンタイン・デー」については」と質問していることである（九六年二月十三日）。そのほか、「明日の節分に豆まきをするのか」とか「眼鏡をかけた自分をどう思うか」といった質問をしている。これらの質問の意図は明らかでない。たぶん、答えやすい質問をして首相の機嫌をとろうとしているのか、油断させようとしているのか、それしか質問を考えつかなかったかであろう。不思議なことに、首相はこれらの質問を叱ることはない（首相が怒るのは、もっと重要な問題のときだ）。

記者の質問にはまともに答えないのが原則だが、例外的に快く答える場合がある。とくにスポーツがそうである。高校野球での地元の高校の勝敗などには、きわめて率直に心情を吐露し、「ハッピーだ」とか「ちくしょう」を連発している。

もっと重要な問題になると、まず答えることはない。ただ、なぜ答えないかという理由を挙げるのが普通である。よく挙げられる理由は、「仮定の話には答えない」、「報告を受けていない」、「担当大臣に聞け」、「部会に聞け」、「（会議、党などに）任せてある」、「中間の報告にはコメントできない」、「進行中だ」、「影響が大きいから」、「他のことで頭がいっぱいだ」、「君たちはすぐ生臭い話にする」、「君たちにはそれしかないのか。他にも（台湾海峡とか米大統領選予備選のこと）とかあるだろう」、「もういいだろ。答えるのいやになった」、「どうしてそういう話になるのか。すごく悲しいよ」、「いやだといったらいやだ」などである。

どういう理由づけがなされるかには大した意味はない。そもそもこれらのやりとりをすることにどんな意味があるのか、わたしには理解できない。

4

こういうやりとりを読んでいて思うが、このような首相番制度は必要なのだろうか。わたしが首相になったら、これを中心にして改めたい点がいくつかある。

(1) 首相番記者制度を廃止する。

これまで紹介したやりとりからも分かるように、首相が快く答えるような質問は、スポーツとか豆まきなどに関する質問であり、大して重要ではない。逆に、重要なことになると首相はまず答えない。実際、そういうことに簡単に答えるようでは首相失格である。しかし重要なことだからこそ記者の方も聞いているのだ。だから意味のある結果が出るはずがない。首相が重大なことをポロッと出すのを期待しているのかもしれないが、そもそも首相が不注意にもらしたことを報道するのがいいことなのかどうか問題であるし、そもそも首相の不注意に期待するのは健全な報道とはいえないだろう。このように、首相が率直に答えても困るし、答えなくても困るのだ。どちらにしても、こういう制度は不毛だと思う。

それに、この制度は、首相にはかなりの負担になるのではなかろうか。次の会議でどういおうかと考えながら歩いている最中に、豆まきについて聞かれたりするのだ。会議でしゃべることを考えてもらった方がいい。

実際、橋本首相のいらだちには相当なものがある。たとえば、
記者「行革推進会議を設置する構想があるようだが」

首相「どこに」

記者「そこまではまだのようだが」

首相「だからどこなんだよ。おれは行革会議の議長なんだよ」（九七年六月十日）

ほとんどケンカごしである。

また、ペルーの日本大使公邸人質事件では、繰り返される質問に業をにやし、

「おい、いいかげんやめにしねえか」（九七年二月十日）

と、遠山の金さんばりのタンカを切っている。

また、次のようなやりとりがある。

記者「ＰＫＯの改正案だが」

首相「君は確か初対面だったよな。初対面でそういうことを聞くというのが信じられない」
記者「提出時期についてどう考えているのか」
首相「だからそういうことを君に話すだけの信頼関係があるかどうかだ」（九七年四月七日）
　また、
記者「出生率の低下は相変わらず低水準のようだが」
首相「君はこどもがいるのか」
記者「いません」
首相「強制的にこどもをつくれといわれて、つくるか」
記者「いえ」
首相「そうだろう。こういうことは国が強制してできることではないんだ。出生率が低水準なことは憂うべきことだが、国としてはどうしようもできない。こういうことは皆で考えていかねばならない。だいたいこどものいないやつがそんな質問をするなよ」
（九七年六月三十日）
　これらのやりとりが行なわれたときの雰囲気が分からないので、冗談半分だったのかもしれないし、何かの高等戦術なのかもしれないが、こういうやりとりになるような制度は好ましくないと思う。

（２）補佐官を大幅に増やす。

記者とのやりとりを読んでいて、何よりも感じるのは、首相の多忙さである。「頭がパンクしそうだ」とか「ばてている」と首相はよくいう。梶山官房長官と話したとき、「梶山さんとはこれまでゆっくり話す時間がなかったから（会った）」と記者にいっているが、実際には、九時十四分から九時二十六分まで会っているだけである（九六年二月二十六日）。これを「ゆっくり」と表現するようなスケジュールは異常である。

首相にじっくり考えたり勉強したりする時間がないのは、国家の不幸である。首相補佐官が新設されたが、三人以内というのは少なすぎる。実際、いつ何が起きるか分からないのだ。地震、台風などの災害から、Ｏ－１５７、タンカーの原油流出事故、テロまで、首相が陣頭指揮をとっているのだ。これらと同時に、国際会議や国境紛争や原発事故などが起こり、さらにそのうえ高校野球が重なったらどうなるのか。

これに対処するには、わたしの家のように、仕事の分担をはかるしかない。わが家では、最高権力者はわたしである。わたしは沈思黙考し、「最善のことをやれ」と命じる。何が最善かを考えるのは妻の分担だ。そのときによって、妻の服を買う、わたしが本の整理をするなどと決まる仕組みができており、効率的に機能している。

これと同じように、首相が「しっかりやれ」と命じると、何をすべきかを考える補佐官、問題点を指摘する補佐官、それを各方面に働きかける補佐官、国民やマスコミに解説する報道補佐官、演説草稿作成補佐官、高校野球観戦補佐官、読書補佐官などがそれぞれの分担を受け持ち、首相番記者とのやりとりも専門の報道補佐官がやるようにすればいい（高校野球観戦補佐官ならやってもいい）。記者に適切な質問をさせたいなら、記者の代わりに質問補佐官をおいてもいい。ただ、橋本首相本人が補佐官として有能である点が困ったところだ。

このように補佐官制度を充実させて、首相の仕事が「しっかりやれ」と命じるくらいになれば、わたしにも首相はやれそうだ。

（3）首相番制度の活用法を考える。

しかし何かの事情で、補佐官を増やせず、首相番制度を残すしかない、となったら、首相番制度を積極的に活用するほかない。この制度を利用して、国民に受けるような発言を工夫したらどうかと思う。わたしの考えは二つある。

①格調高い発言

あまり重要なことではないかもしれないが、おしゃれとかスマートさにこだわるなら、一歩進めて、高邁な表現を使ってはどうだろうか。たとえば、「人類の歴史を振り返ってみると」、「人類の未来を考えるとき」、「人類の夢は」、「われわれ全員が人間としてになうべき責務」、「人類が英知を結集して立ち向かうべき敵」、「人間であることの意味を賭けて」、「幸福の概念は」といった表現を随所に織り込むのだ。そうすれば、広い視野でものを考えているかのような印象を与えることができる。うまくすれば、本当に広い視野でものを考えるようになるかもしれない。

②ユーモアに富む発言

橋本首相もときどきジョークをいっている。たとえば、

記者「予算案の通過から一晩明けましたが」

首相「毎日一晩は明けるよ。夜は明けなきゃ困るよ」（九六年四月十二日）

など、いい線をいっている。首相番制度がどうせあまり意味がないのなら、こういうはぐらかし方をして楽しむ場にしてしまうのも一法だ。

外国には、ユーモアのセンスをもった政治家が多い。たとえば、有名な話だが、チャーチルに敵対する女性議員がこういったことがある。

「もしあなたがわたしの夫だったら、毒入りのコーヒーを飲ませるところだわ」

チャーチル「もしわたしがあなたの夫だったら、喜んでそのコーヒーを飲むところだ」

レーガン元大統領も数々のユーモアに富む発言を残している。

「国家の緊急事態が起きたら、いつでもわたしを起こすように命じてある。たとえ閣僚会議の最中であっても起こすようにと」

政治にユーモアは不謹慎だと考える人もいるかもしれない。しかしケンカよりははるかにいい。それに、人間は苦しくなったとき、ユーモア精神がないと乗り切れないことが多いのだ。政治家とは違うが、第二次世界大戦中、ドイツがイギリスを海上封鎖したとき、イギリスの新聞の見出しには「ヨーロッパ大陸、孤立す」と書かれたという。日本人にはまだまだユーモア精神が足りないと思う。首相が率先してこういう発言をするようになれば、タンカをきるよりずっとおしゃれである。理想をいえば、首相の発言が『朝日新聞』の一面だけでなく、『東京スポーツ』の一面を飾るようになってほしいと思う。そのために、そういう発言を考える補佐官をおいてもいい。そうすれば、この国の雰囲気も国民の態度も少しは変わるのではなかろうか。

ここに書いたように、もし補佐官を好きなだけ置いていいなら、そして、運が味方してくれれば、わたしは首相として成功する自信がある。それらの条件が整わないなら、どんなに乞われても首相の座につくつもりはない。

浮かれている場合か

夏だ、お盆だ、休みだ、と浮かれている人がいるが、浮かれている場合か。最近の日本人は、休みになると何も考えずに遊びほうけている。情けないことだ。一度でもお盆休みの意義を考えたことがあるのか。

お盆というのは元来、①死者の冥福を祈る時期、②実家に帰って家族とともに過ごす時期、③料理などを運ぶ板状の器具、であって、浮かれるときではない。一人静かに死者のことを想いつつ、お経でも読むときなのだ。ついでにわたしの本も読んでもらいたい。

それで思い出したが、とくに浮かれている場合でないのは、わたしである。最近出した本が売れ悩んでいるのだ。世の中には売り上げ百万部という本があるというのに、わたしの本はそこまではとてもいきそうもない。百万部売れるためには、日本の人口を少なめに一億人としても、一パーセントの人が買いさえすればよい。わたしの場合、一パーセントまでいかなくてもよい。〇・〇一パーセントの人が一人百冊ずつ買いさえすればいいのだ。

どうしてこんなに簡単なことが実現できないのだろうか。絶対の自信をもって断言することができるが、わたしの本は、ベストセラーの基本的条件（本であること）を満たしているのだ。

わたしの見るところでは、売れない原因は十一個ある。

①出版社の営業努力が足りない
②書店の販売努力が足りない
③購買者の購買努力が足りない
④購買者の購買努力が足りない
⑤購買者の購買努力が足りない
⑥購買者の購買努力が足りない
⑦わたしの本を読んだ人が他人に感想を正直にしゃべっている
⑧隣に置いてある本と間違えて買う人がほとんどいない
⑨大量に買うだけの資金がわたしにない

⑩十一個あるはずの原因が十個しかない
残念なことだが、日本人の知的レベルにも問題がある。今の知的レベルだと、わたしの本の面白さは分かってもらえない。もっともっと知的レベルが低下してくれないと、売れ行きは期待できない。

売れ行きの実態を探るため、書店に行ってみた。こういう目的で書店に行くのは初めてだ。それまで、自分の本が書店に並んでいると思うと、どこか気恥ずかしいような気がして、見に行くのがためらわれていたのだ。それに書店に行けば、サイン攻めにあう恐れもある。

実際に書店に行ってみると、サインを求める人は皆無だった。自分の本を手にとってポーズをとってみたが、わたしの方を見ようとする者はいなかった。サイン攻めを恐れたのは杞憂《きゆう》だった。案ずるより産むがやすし、親の心子知らず、蟷螂《とうろう》の斧、他山の石、李下に冠《かんむり》を正さず、など故事成語が頭を去来する。

自分の書いた本を目立つところに置き換える著者がいるという話を聞くことがある。そのたびに、わたしならそういう品のないことはしないと思ってきた。しかし品にこだわっている場合ではない（わたしの場合、品にこだわるべき場合というのに出くわしたことがまだない）。わたしも自分の本を目立つ所に置き換えることにし、「売り上げベストテン」の棚に陳列してあった本と入れ替えた。入れ替えながら思ったが、ここまで努力を払う著者がいるだろうか。たいていの著者は本を書く段階で努力するが、わたしは、本を書くときよりも、本を書いた後で努力を傾ける点が違う。

このような努力を払いながら、何軒かの書店を見て回った。残念なことに、書店によってはわたしの本が哲学書のコーナーに置いてある。普通、笑いを求める人は哲学書のコーナーを訪れないし、哲学書を買いに来るような人は笑いを求めたりはしないのだから、哲学書のコーナーに置かれるのは不利である。

たしかにわたしは哲学をやっているが、それと本の内容との間には直接の関係はない。医者が推理小説を書いたからといって、それを医学書のコーナーに置いたりするだろうか。

さらに残念なことに、書店によっては、哲学書のコーナーにおくべきか、お笑いのコーナーに置くべきか、迷ったあげく、わたしの本を置かないことに決めているところも見受けられた。哲学書のコーナーがないために置こうにも置けない店もあった。それどころか、本というものを置かないことに決めている店もあれば（金物屋、八百屋など）、何も置いていない所（民家など）もある始末だ。

これだけの悪条件が重なっているのだから、売れたらそれこそ不思議である。一冊でも売れるのは内容がいいからだとしか考えられない。

書店に入って観察していると、間もなく、サラリーマン風の中年の男がわたしの本を手に取って立ち読みを始めた。表情からは何もうかがえない。

わたしは、「あなたはそれを買いたくなる」と念を送ってみた。何の変化も見られないので、今度は「あなたは買わずにはいられなくなる」という念を送った。しばらくして、さらに強力に「買わないと不幸になる」と念じた。それが通じなかったのか、数分間読んだ挙げ句、男は本を置いて、移動した。かわいそうに男は確実に不幸になったはずだ。

しばらくして中年の女がわたしの本を手に取った。これもさっきの男とまったく同じ経過をたどった。あまりにも経過が似ているので、さっきの男が女装しているのかと思ったほどだ。次の書店に向かうわたしの足は重かった。しかし店内に足を踏み入れると、それまでの暗い気分はけしとんだ。ちょうど茶パツの若い男がわたしの本を小脇に抱えたところだったのだ。青年がレジに向かおうとしているのをわたしは信じられない思いで見つめた。読書には縁遠い感じの男なのだ。

「若いのに何という見識の持ち主だろう」と思った。

「小気味いい決断力を久しぶりに見た」と思った。日本の将来に一条の光明がさしたような気がして、茶パツが好ましく感じられた。レジに向かう途中、男は立ち止まって別の本をひとしきり見ている。わたしの本は手放そうとせず、しっかり脇に抱えたままだ。

「君は幸福になる」

と、しばらくあたたかい目で見守っていると、青年はその本も一緒に脇に抱えた。その本は見るからに低俗な本だったので、青年に対する評価は少し下がった。わたしの本に対する評価も下がった。わたしは心の中で青年に声をかけた。

「お金は大丈夫か。無理をするなよ。とくにそういう読むに値しない本を買うのは無駄づかいだ。それぐらいなら、わたしの本を二冊買ってもいいんだよ」

青年はさらに別の本を手に取って見始めた。しばらくしてそれも脇に抱え込んだ。これを数回繰り返し、脇に抱えた本は四冊になった。なかなかレジにいかない。本当に決断力があるのかどうか、疑問に思えてくる。

待ちくたびれたわたしは、他の本を手に取り、「どうしてこういう読むに値しない本が多いのか」と思いながら立ち読みしていた。しばらく読んで思った。

「どうして、こういう読むに値しない本ほど面白いのか」

ふと青年の方を見ると、まだ付近をうろうろしている。抱えた本はわずかの間に五冊に増えていた。しかし、次の瞬間、気がつくと、その中にわたしの本がない。あたりを探すと、捨てるように近くの台の上に放り出されている。

「ばか者っ！」

とわたしは心の中で怒鳴った。

「まぎらわしいことをするんじゃないっ！」

ともう一度怒鳴った。

日本の将来は再び暗転し、茶パツは堕落のしるしに逆戻りした。

このような経験をしたわたしの中に、突如、

「世の中、このままではいけない」

という危機感が芽生え、

「警鐘を鳴らす必要がある」

という気持ちがふつふつとわいてきた。何に対して警鐘を鳴らすのかということまではっきりしているわけではないが、次のような警句もある。

一日一回こどもを殴れ。理由がなくても、こどもには理由が分かっている。
とにかく警鐘を鳴らさないではいられないのだ。浮かれている場合か。

岡山県人の特徴

こどものころ、岡山県は①教育県であり、②生活水準が高い、と親によくいわれたものだ。わたしは大学に入るまでずっとそれを信じ、他の県には学校もないのかと思っていた。そして、そういう県に生まれたこどもがうらやましくてならなかった。

だが、上京していろいろな地方の出身者と話した結果、どの県でも自分の県は①教育県で②生活水準が高いと教えこまれていたことが判明した。岡山県の特徴として教えられたことは、どの県でも自分の県の特徴として教えられているのだ。岡山県は中国地方にあるとも教えられたが、たぶん、どの県でも自分の県が中国地方にあると教えられているにちがいない。

それ以来、わたしは岡山の県民性といわれるものに懐疑的になった。実際、岡山県人に関する風評は、どれもあたっているとは思えない。たとえば、岡山県人（とくに岡山県南部の人間)は小利口だといわれている。大阪商人を手玉にとるほど、はしっこいとよく父がいっていたものだ。しかしそれにしては大富豪や大商人が出ていないのが不思議である。第一、県南の商売人であった父自身、大阪商人を手玉にとるどころかいろんな人にしょっちゅうだまされていた。父が手玉にとれたのは、わたしくらいのものだろう。

また、岡山県人は信用できないともいわれる。しかしこの噂も信用できない。こんな信用できないことをいいふらした張本人は岡山県人に決まっている。こういう、本当のことをいいふらす岡山県人は信用ならない。

岡山県人はどんなものでも嘲笑するという評判もある。その真偽を知りたければ、岡山県人にその評判を話してみるといい。そうしたら「だれがそんなことをいうたんなら。そげえなことを信じるのはアホウじゃが」と、嘲笑をあびるだろう。

このように岡山県人の特徴とされているものは疑わしい。しいて特徴を挙げるなら、岡山県人は、志の高い人間に対して、とくに志の高い同県人に対して、尊敬を払わない傾向がある(この裏には、「自分と同じ環境の者がエライはずがない」という考えがある)。わたしに対する親兄弟の態度がその証拠である。それだけでは証拠が不足だというなら、埼玉県人である妻までも、わたしに対して同じ態度をとっているという事実を証拠に加えてもよい。

また、岡山県人は読書をしないきらいがある。わたしの親や、実家で飼っていたネコが、その証拠である。

さらに岡山県人は、わずかな事例をもとに「岡山県人というのはこうだ」と独断的に主張する傾向がある。わたしおよび本稿がその証拠である。悪いことに、岡山県人は独断的な同県人を嘲笑する傾向がある。

最後に、岡山県人の主張は説得力に富み、信用できる。本稿がその証拠である。

高級レストランでのふるまい方

（はじめに断わっておくが、ここで「高級レストラン」というのは、次の条件を満たすレストランのことである。①カウンターがない、②ウエイターまたはウエイトレスがいる、③食券を買う方式ではない、④注文を聞きにくる人と調理をする人が違う人間である、⑤そこで働いている人が同一家族でない、⑥テーブルがモーターで回っていない、⑦店の下に車輪がついていない）

高級レストランで食事をするとなると、どうしても気《け》おされてしまうものである。それでも家庭で妻に気おされながら食べるのよりは、おいしい分、ましである。

高級レストランというところは基本的に、リラックスして食事を楽しむために作られている。リラックスして食事を楽しむためだけのために、家で作るのと同じ料理に十倍のお金を取っているのだ。いくら何でも高すぎるのではないか、と納得できない人もいるだろうが、リラックスして食事を楽しむにはそれなりの代価が必要なのである。日本に住むだけでも住民税など、税金を取られるのだ。そう考えれば、納得できるはずである。

もっとも、こう説明しても納得しない人がいるだろう。実はわたしもその一人である。税金の話を持ち出しても、納得できないものをもう一つ追加しているだけである。納得できないものをいくら集めても、納得が得られるはずがないのだ。それに、リラックスするためにお金がいるというのはむしろ逆ではないか。お金のことを考えたらリラックスして食事を楽しめなくなるのではないか。

しかしいざレストランに行ったら、そういったことはすべて忘れ、理性を捨てて食事に専念すべきである。どうしても忘れられない人は、泥棒に金をとられたと自分にいいきかせることだ。とにかくリラックスして食事を楽しむのが目的なのだから、無理にでもリラックスしなくてはならない。そうでなくても、多くの障害がほかにも待ち構えているのだ。

リラックスの妨げ、というと、多くの人はマナーを考えるのではないかと思う。しかしマナーの問題は気にすることはない。ものを食べるのに「正しいやり方」などないのだ。かりに文明に初めて接したどこかの国の人が威厳をもって食べていたら、それがどんなにマナーに反していても、だれも馬鹿にしたりしないだろう。

要するに、規則に合っているかどうかを心配するより、堂々とした態度で人間の大きさを見せることが重要である。それが無理なら、文明に接したことのないふりをすることだ。

とくにナイフやフォークの使い方のような細かいことにこだわるのは、人間の小ささを宣伝しているようなものだ。そういうものはどっちでもよい。極端にいえば、ナイフで刺してフォークで切ってもいいのだ。むしろフォークをナイフとして使い、ナイフをフォークとして使える方が、普通に使うよりもある意味では評価されるべきことではないかと思う。

西洋料理というものはナイフとフォークを不必要に多く並べるため、どういう順番で使えばいいのか、はた目で見ても迷っている人がいるが、使う順番にこだわるのは愚の骨頂である。「外側からか、内側からかのどちらかだった」という程度の記憶でよい。げんにわたしはその程度の記憶で通してきたが、そのためにいちじるしい不利益（全財産や生命を奪われるといった）をこうむったことはない。

とにかく、ナイフやフォークを使う順番は気にしないでリラックスして食事を楽しむべきである。適当に思いつくままに使っていけばよい。最後にコーヒーが出てきたとき、スープ用の大きいスプーンしか残っていなかった、という結果になったとしても何ら問題はない。スープ用のスプーンでコーヒーをまぜればよい。

ときどきコーヒーがデミタスカップという小さい容器で出てくることがある。その場合、スープ用のスプーンが入らないこともあるが、そのときはスプーンの柄でまぜればよい。

スプーンのどの部分を持つかは、使う人間が決めることであって、スプーンが決めることではない。こういうときにこそ、スプーンに対する人間の優位を見せつけてやりたいものである。

第一、そういうけちくさい容器でコーヒーを出すような店にはどうせ二度と来ることはないのだ。スプーンをどう使おうが、恥でも何でもない。

詳細は省くが、このように、マナーというものは気にする必要はない。もちろん、きちんとしていない服装をする（とくに全裸あるいは上半身裸あるいは下半身裸あるいは右半身裸あるいは左半身裸など）、歌を歌う（とくに第九をフルコーラス歌うなど）、大声で話す（とくに一人で来ているとき）などといった論外な行動をするのは論外である。

たんに普通の人間として当たり前のふるまいをしさえすればいい。小笠原流の家元の家に生まれた人なら何でもないことだ。

問題は、マナーではなく人間である。とくにウエイターが問題である。普通の人はどうしてもウエイターの態度に圧倒されてしまう。ウエイターは立派に見える実践的練習を積んでいる。「立派になりたい」と願っているだけの一般人とは大きい違いである。もしウエイターにしかるべき扱いを受けて平然としていられる人がいたら、その人は尊大である。ウエイターに圧倒されてへりくだる人がいたら、その人は卑屈である。どちらにしても立派な人間とはいえない。

ウェイターに圧倒されてしまう傾向を根本的に克服するためには、人間性を練磨して立派な人間になる（どうすればなれるのか分からないが）以外に道はない。だが、どんなことでもそうだが、根本的克服というものは不可能である。根本的克服は無理かもしれないが、少なくとも、明確に認識しておかなくてはならないことがある。それは、ウエイターはサービスを提供するために雇われているという事実である。

かれらは客にサービスするためにいるのであって、けっしてわれわれに劣等感を抱かせるためにいるのでも、威嚇するためにいるのでもない。何か頼んだら失礼になるのではないかという心配は無用である。堂々とサービスを要求するという態度で臨みたい。

たとえば、食べている肉を落としたとしよう。それが小さい肉片なら、こっそり靴で踏んですませることができるが、食べ始めたばかりのステーキを全部落としたときなどが問題である。家で一人で食べているときなら、ためらうことなく肉を拾い、品よく汚れを払って食べるところだが、そばにウエイターがいたら、そういうわけにもいかない。この場合はウエイターを呼んで、運命をゆだねるべきである。ウエイターはためらうことなく肉を拾い、あなたよりはるかに品よく汚れを払ってくれるであろう。

ウエイター以外にも問題はある。シェフがにこやかな顔で感想を聞いてくることがある。この場合、にっこり笑って「実においしい」という以外に選択の余地はないが、かりに、一緒にいた妻が「この魚は古い」というようなことをいった場合、どうしたらいいだろうか。妻に同調すればシェフに悪いし、妻に反対するのも恐ろしい。「前門の虎、後門の狼」という状況である。

こういう場合はトイレに立つしかない。できれば妻が発言する前にトイレに立つべきである。妻の発言を事前に察知できないようなら、食事する前から席を外しておくのが安全である。しかしもっと安全なのは、そんな妻を連れて行かないことである。最も安全なのは、そんな女と結婚しないことである。

レストランによっては、ミュージシャンがテーブルを回り、笑顔を浮かべて楽器を演奏したり歌ったりしてくれるところがある。こういうとき、無視して食べ続けるのは失礼である。ナイフとフォークを置いて、料理がさめるのを気にしながら笑顔を浮かべて音楽を楽しんでいる様子を見せるべきである。しかし長時間笑顔を浮かべ続けていると顔がひきつってくる。そのうち、「こういう場合はチップを渡すものなのかもしれない」という考えが浮かんで笑う余裕は失われていく。まして食事の相手と深刻な事態が持ち上がっていた場合など、笑うどころではないだろう。こういう場合は、陳腐なようだが、どんな事態が起こっても笑えるようあらかじめ人格を磨いておくか、作り笑いの練習をしておく以外に道はない。自由に作り笑いができるようになったあかつきには、作った笑顔をふりまきながらテーブルの間を回るミュージシャンになって、深刻そうなカップルのテーブルで歌うとよい。

ここに示した以外にも、食事中、妻が機嫌をそこねたときどうすべきか、モスラが入ってきたらどうすべきかなど、わたし自身まだ解決をみていない問題が無数にある。何事も簡単にはいかないものだが、リラックスして食事を楽しむのも大変なものである。

買い物と遺伝

遺伝というものはどこまで及ぶのであろうか。容貌などは遺伝するが、まさか買い物の仕方まで遺伝するはずはないと思う。わたしの父の買い物の仕方は軽率そのものだった。あるとき、「ベルト百円」と書いてある露天商の看板につられて父が一本買ったら、その下に小さく「引き」と書いてあり、気付いた時にはベルトに穴が開けられ、高いベルトを買わされるはめになっていた。しょっちゅうこのような経験をしていた父に比べ、わたしはこのような軽率な失敗をしたことはない。露天商からベルトを買ったことは一度もないのだ。露天商にだまされて買ったのは、何にでも効く塗り薬、ナイフ、接着剤などだけだ。この数年というもの、その種の経験すらしなくなった。露天商を見かけなくなったためかもしれないが、たぶん物心がついたためであろう。

わたしが異常なまでにこだわって買い続けているものがある。それは枕である。これまでに買った枕は覚えているものだけで十個以上にはなる。

とくに気になるのは枕の高さ、形、硬さ、値段などであるが、なぜこだわるのか自分でもよく分からない。わたしは寝相はいい方ではない。正直にいうと、寝相は悪い方だ。はっきりいうと、きわめて悪い。自分では分からないが、寝入って数分で枕は外れていると思う。しかしわたしは枕に非常にこだわるため、頭から外れている枕の高さも気になるのだ。

最近、イギリスに十ヵ月間滞在していたが、このときも枕の探求(「枕探し」ではない)はとぎれることはなかった。借りていた家にはベッドも枕もついていたが、そんなものが気に入るはずがない。イギリスに慣れてきたころ早速新しい枕を買った。「買う」といっても、わたしの場合、たんに代価と引き換えに枕を受け取る、という簡単なものではない。何軒も店を回り、陳列しているものをすべて厳重に吟味するという過程を経てやっとどれを買うかが決まるのだ。一通り店を回り、考える時間を入れると、だいたい二、三日はかかるのが普通である。

その枕も五日後に失敗だったことが判明した。失敗だったことが判明するのも簡単ではない。買った枕が最初からしっくりくることはなく、最初の違和感がなくなるかどうかが判明するには数日から一週間ほどかかる(このため返品できない)。ちょうど結婚が失敗だったことが判明するのに結婚後数時間から数年かかるのと似ている（この場合も返品できない）。このような、調査→熟考→決意→購入→期待→試用→失望という展開には慣れているため、ショックというほどのものは受けなかったが、わたしの失望が日本だけでなく、国際的に通用したことはこたえた。

それから数ヵ月の間、わたしはあきらめの日々を送っていたが、あるとき、新聞の付録についている通信販売のカタログを見ていて、「ドリーム・ピロー」という名の枕の広告が目に止まった。それには「整形外科用枕」と書いてあり、枕の断面図と、それを使って寝ている女性の背骨の様子を示した図が添えられており、科学的な印象を受ける。形状は首をのせる部分が高く、後頭部をのせる部分が低くなっていて、後頭部から首にかけての曲線に合うように作られている。少なくとも、図に描かれている女性にはぴったり合っている。さらに「ダニを寄せつけない」とも書いてある。わたしは現実にダニの被害にあったことはない。わたしが病弱であったり、哲学の問題が解けなかったりするのはもしかしたらダニのせいかもしれないが、これまで実際にダニを疑ったことはない。しかしダニを予防するというのは利点であり、わたしの心が少しは動いたことはたしかである。

価格は割引価格となっていて、スタンダード・タイプが日本円に換算して定価五千円のところを三千五百円になっている。他にデラックス・タイプがあり、スタンダードより千円ほど高い。この価格差は大きいように思えるが、どこが違うのか説明がない。図面を注意して見ると、デラックスの方が高さが少し高くなっているという違いのようである。しかし考えてみると、高さの違いというのは、枕にとって本質的な違いではなかろうか。普通、スタンダードとデラックスの区別は、枕カバーなどのように付随的な部分の違いによってつけられるものではなかろうか。枕の形状、高さ、といった本質的な部分の違いによって分けているのは納得できない気がする。飛行機でも、ファースト・クラスとエコノミー・クラスの違いは座席や食事など付随的な部分の違いであり、ハワイに着くかどうかといった本質的なところでは違わないのだ。このような疑念は起こったものの、期待の方が疑念に勝ち、デラックスを注文することにした。

二週間ほどして届いたのは、枕状に成形した巨大スポンジたわし、と形容できるものであった。カバーも何もなく、ダニがつく余地はない。デラックスとされている理由はすぐに見つかった。同じ素材で作った二、三センチの厚さのものが本体（これがスタンダードである）に不器用に張り付けてあるのだ。これで千円とは高いと思ったが、デラックスという名前に無理やり満足して、手持ちの枕カバーをかぶせ、早速その夜使ってみた。

その結果、その枕を買ったのが失敗であったことが三十秒で判明した。枕の高さがあまりにも高すぎるのだ。まるでプロレスの「スリーパー・ホールド」とか「首四の字固め」といった技をかけられているようなのだ。この高さがちょうどいい、という人（動物でもいい）がいるのだろうか。もしいたら、その人は壁を枕にして寝ているはずである。

しかしその枕が失敗だったとまだ決まったわけではない。デラックスが失敗だったということが分かっただけである。「デラックス部分」を取り去れば、ちょうどよくなるかもしれない。わたしはこれをはがすことにした。実際にはがす作業は困難をきわめ、はがした後の枕はでこぼこの、羽をむしられた鳥のように無残な姿に変わっていた。しかし枕は姿ではない。カバーをかけて試してみると、デラックスよりはだいぶ改善され、ただちに失敗だとは断定できない、という程度にはなっている。当分使ってみることにした。

素材の合成樹脂が弾力性に欠けていたため、使っているうちに枕はしだいにへこんでいき、二週間後にはペチャンコになり、ちょうど薄い座布団くらいの厚さにまでなってしまった。ペチャンコになってみると、デラックス部分の厚みが加わっていたら、もう少しましだったのではないかと思える。このときはじめて、なぜわざわざデラックス版が販売されているのか、なぜそれが「デラックス」なのか、ということをわたしは理解した。

その後ひと月ぐらいして、その枕の広告を再びみたら、「売りつくしセール」とあり、価格はわたしが買った値段の三分の一になっていた。

イギリスから帰国し、岡山の実家に帰って母と話をしていて偶然、母も理想の枕を求めていくつも買い、いまだに満足できる枕に出会っていないことを知った。枕の買い方も遺伝するとは知らなかった。

デタラメが趣味

わたしの本業は哲学の教師で、趣味はジャズピアノの演奏である。ジャズピアノをやっているときは苦しいなりにも楽しいが、哲学を教えているときは、苦しいなりにも苦しい。金にならないものの方が楽しいと感じるのは不思議だが、これでわたしが守銭奴でないことが分かっていただけると思う。

ジャズは、普通の趣味とは基本的に異なるところがある。普通の場合、何らかの技術が必要であり、技術的に向上することが目標になる。囲碁、将棋、麻雀、野球、ゴルフなど、いずれも、「上達する」ということは、一種の技術をマスターすることである。技術は「デタラメ」とは対極にある。むしろ、デタラメや自分勝手から遠ざかることが技術的向上である。

ジャズの場合にも技術的な要素がある。思った音を正確に出すように楽器をマスターしたり、さまざまな音楽理論を研究する必要がある。しかし、ジャズはそれらをマスターすることが目標ではなく、出発点にすぎない。デタラメへの。

ジャズは即興演奏である。原則として、決まっているのはテーマと和音進行だけであり、それ以外は、その場で作りながら演奏する。作るときの規則は簡単である。たんに「和音進行に合うメロディーを作る」という規則しかない。しかし実際には、これは規則とはいいにくい。どのメロディーが和音進行に合うかは、各人の判断にゆだねられているのだ。だから、実質的には「自分勝手にやれ」というのに等しい。いってしまえば、デタラメにやれ、という規則なのだ。

実際には、これは少しいい過ぎである。正確にいうと、「素晴らしいデタラメ」を作れという規則である。これは簡単ではない。「素晴らしい」という部分は音楽のセンスが関係してくるため、きわめて難しいが、「デタラメ」の部分だけでも難しい。「デタラメ」を平気でやれるようになるには、特殊な精神状態が必要である。われわれは、ふだん、デタラメを避けようと無意識的に努力しているから、これを捨てなくてはならない。しかしこれは非常に難しい。たとえば、「口からでまかせに五分間、デタラメに単語を並べろ」といわれて、即座にできる人はほとんどいないだろう。

われわれはこどものときから、決められた通りにやることを要求され、そのような教育を受けてきた。これは、犬やイルカなどが芸を覚えるのと基本的には同じである。時計の読み方、文字の書き方、計算の仕方から、走りかた、泳ぎかた、など、自分勝手にデタラメをやるのを禁止されてきた。デタラメを避けようとする気持ちは身体にしみついている。これを一時的に取り払うのは簡単ではない。

しかし困難を乗り越えて自由にデタラメがやれたときの快感は、何ものにもかえがたい。どんな仕事もそうだが、わたしの本業である哲学もデタラメを許さない。つねに正しく考え、正しいことを教えなくてはならない。これを重圧と感じれば感じるほど、デタラメが許される世界は、大きな救いになる。

ただ唯一の問題は、ジャズでどうしてもデタラメに徹することができない一方で、本業に、相変わらずデタラメが混じることだ。

百発百中の予測

アリストテレスがいったように、人間はものを知りたがる動物である。それにしては学校や勉強が好きな人はあまりいないし、自分の欠点を知りたがる人は皆無に近い。しかし未来のことや他人の欠点になると、話は別である。

とくに人が知りたがるのは、未来のことである。占師の前には自分の将来を知ろうとする人が列を作っている。年をとって「自分の将来など知りたくもない」という人でさえ、どの馬が勝つかを知ろうとして競馬の予想記事を食い入るように読みふけったりするのだ。天気予報など一日に何回放送しているか、数えきれないくらいだ。

未来のことについては、わたしはこれまでかなりの確率で予測を的中させてきたという自信がある。ずっと前のことになるが、間もなくインフレで物価が上がることを、インフレの気配があるという新聞報道を基にして予見したわたしは、ここぞとばかりに、安い月給をはたいてスーツを三着購入した。予想はみごと的中し、物価は上昇し、貯金が目減りする事態となった。ここぞというときには勝負するものだ、ということをわたしはそのとき実感した。わたしが経験した数少ない会心の買い物だったが、ただ一つ惜しまれるのは、購入後体型が変わり、そのスーツに一度も袖を通さないまま終ったことである。

もちろん、わたしも人の子である。わたしの予測はいつも当たってきたわけではない。とくに、どうでもいいことについては、外れる傾向にあったことは認めなくてはならない。

競馬にしても、わたしの予想はことごとく外れてきた。本命が勝つと予想すると穴が勝ち、穴かと思えば本命が勝つのである。この経験を通して、わたしは馬が素直な動物でないことを知った。

また、詳細は省くが、結婚がこんなものだとは予想していなかった。妻がこんな人間になるということも夢想だにしていなかった。わずか数ヵ月先のことが分からなかったのだ。

まだある。だれでもそうだと思うが、若いころは、こんなに老化するとは予想していなかった。老化のスピードも予想していたより速かった。こんなに自分の才能が乏しいとも思ってなかった。若いころは、自分は万能で何にでもなれると思っていたのだ。

しかしこれらの予測の失敗は取るに足らぬものばかりである。重大な結果を招くような失敗は一つもない。結婚にしても、たしかに予想は外れたが、わたし一人が不幸になったにすぎない。他の人にまで迷惑は及んでいないのだ。むしろ考えようによっては、他の男がわたしの妻と結婚していたかもしれないのだから、わたしが犠牲になってその男を救ったともいえるのだ。

重要なことについては、わたしの予測はほぼ的中してきた。たとえば、明日も太陽が昇るだろうという予想が外れたことはなかった。電柱がこちらに歩いてくることはないだろうとか、わたしの頭部や大地が突然消滅することはないだろうといった予想はこれまでのところ、ずっと的中してきた。明日の天気は雨か雨でないかどちらかであろうという予想も、火曜日の次は水曜日がくるだろうという予想も、確実に的中させてきた。

おそらく多くの人もわたしとほぼ同じ経験をしてきたであろう。だが人間は欲が深い動物である。予想が外れるのを完全になくして百発百中の状態にもっていけたらどんなにいいかと思っているのではなかろうか。

しかし実際には完璧な予想というものはきわめて困難である。現に、科学が発達した現在でも、天気予報などはときどき外れるし、経済予測とか株価予測に至っては、ほとんど当たらない。これはデータの不足のためかもしれないし、まだまだ科学は発達の余地があるということなのかもしれない。

では十分にデータを集め、科学が発達していけば完全な予測というものが可能になるのだろうか。物理学の答えは否定的である。量子力学や複雑系などの問題があるのだ。

かりにこの世界に起きたあらゆる現象が、物理法則によって百パーセント説明できたとしてもなお、哲学的問題がある。たとえば物理学が発見してきた法則は、今までのところは成り立っていたかもしれないが、物理法則が明日も同じままだという保証はどこにもない。物理法則が明日どうなるかは、厳密にいうと予測する方法がない。

ここではそういう問題は無視しておこう。かりに予測がことごとく的中するようになったら、われわれはどうするだろうか。

「まず競馬の馬券や株を買う。ラスベガスにも行ってギャンブルをする」というのが多くの人の答えだろう。『バック・トゥ・ザ・フューチャー』という映画でも、未来が予知できるようになった主人公が最初にやったことがそれだった。

しかしそううまくいくのだろうか。予測がすべて的中するのなら、当然、自分の行動も正しく予測できるはずである。その場合、その予測に反した行動はできないことになる（予測に反した行動をすると、予測が外れたことになるからだ）。つまり、人間は予知した通りに行動するしかなく、選択の自由は成り立たなくなる。そうなると、勝ち馬を予知できたとしても、自分が外れ馬券を買うと予知したら、その通りに外れ馬券を買うことしかできない。勝ち馬が分かっていながら他の馬に賭けるしかないのだ。

また、予知能力をもった二人の人間がジャンケンするとどうなるか考えてみてもよい。このような問題を追究していくと、「百発百中の予想」は、概念上ありえないという結論になりそうな気がする。しかし、ここでは百歩譲って、百発百中の予想がありうると考えておこう。その場合、われわれは本当に予想がことごとく的中することを望むだろうか。

かりに予知に基づいて勝ち馬に賭けることができたとしよう。そして大金を手に入れることができたとしよう。この場合、自分がその後どうなるかということも予知できるはずである。よくあるように、その金をもてあましたり、それがもとで自堕落になり、家庭が崩壊するところまで予知できたらどうだろうか。その上、痛風と糖尿病になって、淋しい末路をたどる姿も手に取るように分かったらどうだろうか。

そうなったら大金を手に入れてもうれしくも何ともないのではなかろうか。金もうけにかぎらず、どんなことでも最後は暗く淋しいものだ。何をしても暗く淋しい結末があらかじめ分かったら、空しく思えて何もする気が起こらなくなるだろう。結婚でも子作りでもペットの飼育でも、結末が分からないからやっていられるのだ。

それればかりではない。完全な予知能力があれば、推理小説などを読んでもドラマを見ても野球を観戦しても、結末が分かってしまうのだ。ギャンブルでドキドキするということもなくなり、ギャンブルはもはや娯楽ではなく、金を得るための労働にすぎなくなるだろう。

何よりも、自分がいつどうやって死ぬかということが予知できてしまう。それが人生を暗くするのではなかろうか。いつ処刑されるか告げられている死刑囚と同じで、自分がやがて孤独な死（すべての死は孤独である）を迎える様子が頭にこびりついて何も楽しめないに違いない。

これでも完全な予知能力をもちたいと思う人がいるだろうか。むしろ今のまま、火曜日の後に水曜日が来ることくらいしか予知できず、あとは「一寸先は闇」という方が幸福ではなかろうか。不安を抱きつつ未来を手探りしては一喜一憂する無知状態が、人間の幸福を支えているのである。予知能力の代わりに無知が与えられていることを神に感謝したいと思う。そして今後、神に祈るときは、「予知能力を与えて下さい」と祈るのではなく、「競馬がまぐれで当たりますように」と祈るようにしよう。

写真うつり

駄文を世に問うようになってから、新聞や雑誌などから取材を受けるようになった。学究肌のわたしには、想像もしなかった展開である。

写真が新聞や雑誌に掲載される機会も増えた。ただ、写真をみてもわたしだと気づかなかった人もいるかもしれない。周知の通り、わたしは写真うつりが異常に悪いため、注意して見ないとわたしとは分からないことがある。もし雑誌などでハリソン・フォードかブラッド・ピットの写真を見かけたら、悪く写ったわたしである可能性がある。ときどきは名前も変えているので、余計分かりにくいと思う。

不幸は重なるもので、わたしは鏡うつりも悪い。鏡を見るたびに「こんなものじゃないはずだ」と思う。いろいろな鏡を試してみたが、まだ正しく映す鏡は見つかっていない。こうなったら鏡に、不本意ながらブラッド・ピットの写真でも貼っておくしかない。

今のところ、まだ貼っていないが、これは、ブラッド・ピットの写真にするか、マリリン・モンローの写真にするか、柴犬の写真にするか、迷っているからだ。

わたしがどれほど写真うつりが悪いか、見ていただきたい（写真1）。修整してやっとこの程度だ。これではどう見ても、捕虜になった若々しいスポーツ万能の貴族にしか見えない。

これほど写真うつりが悪いのに、友人の中には「お前、写真うつりがいいじゃないか」という者がいる。こういうのは友人でも何でもない。この男自身、ちょうど使い古した鉛筆をマヨネーズであえたような顔をしている。いいかえると、自由度Nのカイ二乗分布に従う確率変数の分散のような顔をしている。

文章で書くと分かりづらいが、絵で示すと、この男は〈絵1〉のような顔をしているのだ。これでもよく描きすぎているほどだ。実際には〈絵2〉のような顔である。これでも正確ではない。パソコンで描いてみると、さすがに精巧な機械だけのことはある。これはるかに精密に描くことができた（技術があれば定規でも描ける）。〈絵3〉がそれである。なお、参考図をつけてある。何の参考図であるかを示すために、参考図の参考図もつけた。

先日、ある雑誌に写真が載ることになったとき、わたしは、

「写真うつりが悪いので、ハリソン・フォードの写真でも使って下さい」

と申し出た。

「それはダメです」

カメラマンは言下にいった。

カメラマンも仕事がしたいのだ。カメラマンはこう保証した。

「その代わりハリソン・フォードのように撮りますから」

できた写真を見ると、目鼻がついているなど、ハリソン・フォードとうり二つだった。写真うつりはつねに悪いが、悪いなりに出来不出来があり、ときには比較的ましなときもある。あるとき新聞に載った写真がそうだった。もちろんとうてい満足できるものではないが、比較的ましだといえるのでさえ、めったにないことなのだ。

それを見た助手がこういった。

「新聞の写真、とてもよく撮れてましたね」

「写真うつりが悪い悪いと思っていたが、やっと実力の半分が出たという感じだ」

「何百枚も撮ったんでしょうね」

「いや、十枚か二十枚くらいなものだ」

「そんなものじゃないでしょう。何百枚も撮らないと、あれだけのものはできないはず

（写真１）著者近影

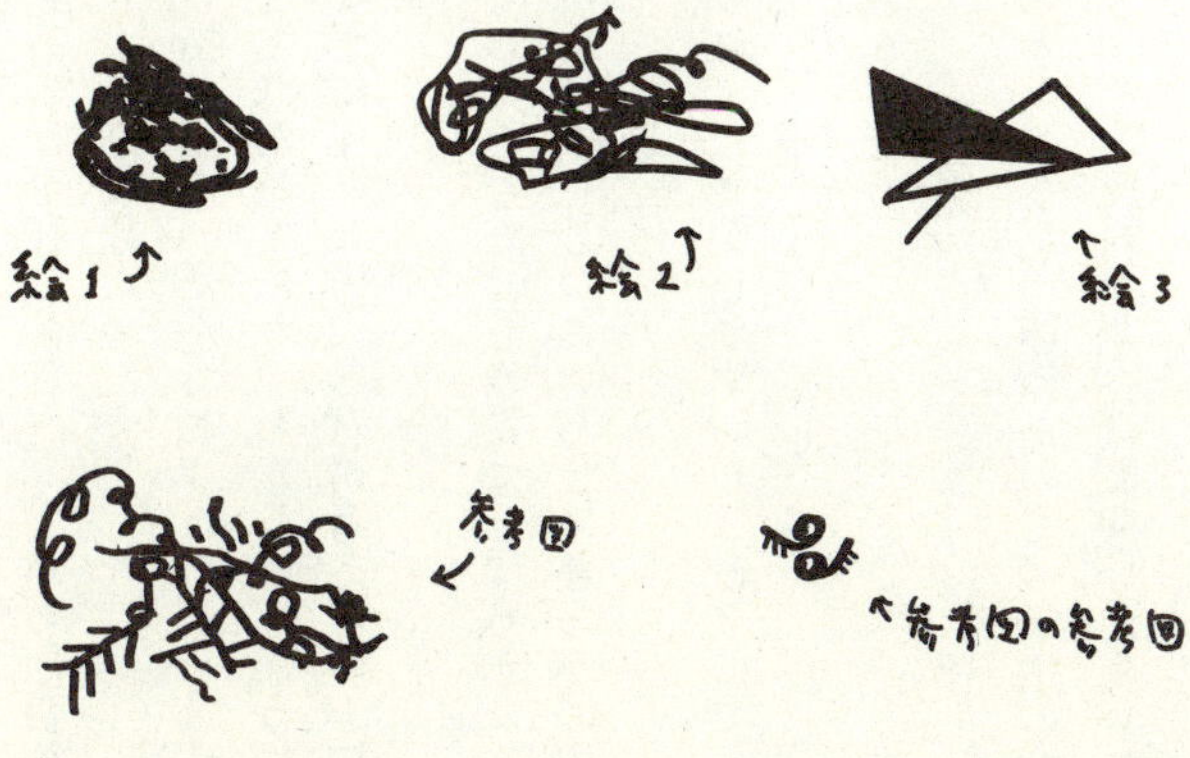

です」

「どんな名カメラマンでもわたしをありのままに撮るのは至難のわざだ。だから何百枚も撮ったと考えたくなる気持ちは分かる。だが、わずかな枚数だった」

「本当ですか。でも、撮影のとき角度など、細かい指示があったんでしょう」

「インタビューを受けているところを勝手に撮っただけだ。とにかくわたしは写真うつりが悪いからな。よっぽど細工をしないとありのままにならない、と君が考えるのも無理はない」

「でも、フィルターを使うとか、ぼかしを入れるくらいのことはしたんでしょう」

「そんな小細工なんかしてないに決まっているだろう。少ししつこいんじゃないか。何がいいたいんだ」

「どっちにしても、新聞だから粒子が荒いですからね。ごまかしやすいし、どうにでもなりますよね」

「ちょっと待て。何を無理やり納得しようとしているんだ」

誤解は大きく深い。

最近、テレビ出演の依頼も数回あった。出演すべきかどうか、迷ったので、学生の意見を聞いてみた。迷ったときは、学生の意見を聞き、その反対を選べば間違いがないことが、これまでの経験から分かっているのである。

困ったことに、結果は、出た方がよいという意見と出ない方がよいという意見の二つに分かれた。出た方がよいという意見は、すべて条件つきであった。条件は次の四つに分類できる。①大学名を偽って出る、②視聴率0パーセントの番組に出る、③すりガラスごしに声を変えて出る、④代役を使う、である。

出ない方がよいという意見には理由がついていた。思い出したくないので詳細は省略するが、「母校の名誉のため」ということばが聞こえたような気がする。なぜこういうときにかぎって愛校心に目覚めるのか、納得できなかった。そんなに愛校心があるならどうしてお前が退学しないのか、と思う。

テレビは結局お断わりした。テレビうつりも悪いだろうし、文部省と妻が許可しなかったこともあるが、何よりも、わたしは古代の哲人と同じく、隠れて生きたいと思っているからである。とくに学生、同僚、家族からは、隠れて生きたい。

若者でなくてよかった

テレビ番組が騒がしい。若者向けの番組はいつもそうだ。出演者が意味もなくはしゃぎあい、軽薄なコギャルことばが飛びかっている。見ているだけでチョー疲れる。幼児向けの番組を見ても頭が痛くなるが、若者向けの番組を見ていると頭が破壊されそうだ。若者はこういう番組を見ていて何ともないのだろうか。つくづく若者でなくてよかったと思う。

騒々しいだけの一時間番組がやっと終わってテレビを消したときは、ホッとする。テレビを消すと、騒がしい音声がウソのように消え、聞こえるのはわたしがテレビを見ながら練習していたトランペットの音だけになる。

最近の番組は、若者向けであるか、若者に迎合しているか、若者が出演しているか、若者が作ったか、若者には無縁であるかで、いずれにしても若者が関係している番組ばかりだ。若者は若者らしく、テレビなど見ないで、外へ出て道路を掃除したり、献血したりしていろ、といいたい。

テレビばかりではない。あらゆる分野で年長者が片隅に追いやられ、若者がわが世の春を謳歌している。若者文化（「文化」と呼べるかどうか疑問だが）が偏重され、「若ければいい」という価値観が幅をきかせている。商品を開発するにも女子高校生の意見を聞いているという。こうまで若者の考え方や感覚が尊重されるようになると、そのうち生まれたての赤ん坊に意見を聞くようになるだろう。

とくに最近目立つのは、女子高校生など若い女がちやほやされているということだ。たしかに彼女たちは中高年の女よりきれいかもしれないが、中高年の女には若い女にない押しの強さがある。若い女より体重もある。

それに考えてみれば、そもそも若い女の方がきれいといえるのか。世界には、二段腹や三段腹などが高く評価される地域もあるのだ。日本や欧米など一部地域の価値観を絶対視して「若い方が美しい」と考えるのは、ゴキブリを好んで食べる一部の人を絶対視して「ゴキブリはおいしい」と考えるのと同じではなかろうか。

何といっても若者は未熟である。たしかに若者は体格こそ大きいが、大きければ成熟していると思うのは大間違いである。仔象や仔クジラは生まれたときから大きいのだ。

身体にしてからが若者は未発達である。たとえば背骨をちゃんと伸ばさず、電車などで足を投げ出してだらしなく座っている若者がいるが、これは、首がすわっていない赤ん坊と同じで、背骨がすわっていないためではないかとわたしはにらんでいる。かれらが興味をもっているサーフィン、スノボ、オートバイなどにしても、ブランコやすべり台や三輪車と大差なく、幼児の興味の域を出ていない。センスも未熟である。趣味のよい服装を「おやじくさい」などといって毛嫌いし、見るに耐えない服装をカッコいいと思い込んでいる。また羞恥心が発達していないため、人前でも平気で恋人といちゃついている。若者だったら、見るに耐えない服装をして人前で恋人といちゃつかなくてはならないところだった。ほんとうに若者でなくてよかった。

たしかに若者にはパワーがある。だが残念なことに、そのパワーを何に使うべきかという肝心の知識が欠けている。これはちょうど、強力な武力をもっているのにどう使うべきかを知らない国と同じで、非常に危険な状態である。誤った信念をもっていたらそのパワーはさらに危険なものになっていただろうが、かれらは幸いなことに、どんな信念をもてばいいのか分かっておらず、ちょっとしたことにすぐ悩み、迷い、なかなか行動に出ることができないのだ。

その点、年をとってくると、決断力も判断力もついてくる。何につけても、ほとんど悩みや迷いというものがなくなり、どう行動すべきか、人間はどうあるべきか、について、ゆるぎない思い込みをもつようになる。不幸なことにその思い込みは、たんなる思い込みであるか、あるいはもっと不幸なことに、はっきり誤った思い込みである。しかし幸いにもその年齢になるころには、自分の思い込み通りに行動するパワーは失われている。

若者は、何でもないことに悩む傾向がある。たとえば「もしかしたら、自分はあまり価値がないのではないか」とか、「自分にはろくな能力もないのではないか」と真剣に悩むのだ。どうしてこんなことに悩むのか、不可解でならない。自分がろくなものでないという簡単なことがどうして分からないのだろうか。

このように若者は何でもないことには悩むが、その半面、重大なことには平然としているのが常である。若者は一般に、つまらないことを大事だと思い込み、大事なことをつまらないと思い込む習性がある。当然ながら、若者は何が本当に怖いかということも分かっておらず、政治や結婚が怖いものだということも分かっていない。怖さが分かっていないのはある意味で幸福といえるのではないか、といわれるかもしれないが、しかし、バイキンが入っているとは知らずに食べ物をおいしく食べている人を幸福だというだろうか。その人はたんに不幸に気がついていないだけなのだ。

若者は他にも多くの錯覚にとらわれている。錯覚のかたまりだといってもいい。「自分の未来は前途洋々だ」、「自分は死なない」、「自分は特別な存在だ」などは若者特有の錯覚である。これらの錯覚があるのに加えて、行動が矛盾している。前途洋々だと思うくせに将来に備えて貯金し、死なないと思うくせに病気を恐れ、自分は特別な存在だと思うくせに、他人と同じ服装、同じしゃべり方をしないと不安で仕方がない。

年をとるとこれらの錯覚を脱却し、自分は特別ではなく、つまらない人間だという真実に目覚めるようになる。年をとるとこの厳しい真実を淡々と受け入れることができるようになるのだ。これは一つには精神的に成熟するためでもあるが、もう一つには、「他人は自分以上につまらない人間ばかりだ」と思うようになるからでもある。

年長者の立場から最近の幼児的な若者を見れば見るほど、この若者たちに将来を託すことはできないと思えてくる。なるほど、いつの時代にも、年長者が「最近の若者はなっていない」と非難してきたことはたしかである。わたしが若かったころも、「最近の若いやつらに将来をまかせたらとんでもないことになる」と年長者にいわれたものだ。この年長者の予言が現に的中したではないか。これをみても、年長者の考えがいつの時代も正しいことが分かる。

このように考えれば考えるほど、若者でなくてよかったと思わずにいられない。その半面、無知で、センスが悪く、悩み多い若者がかわいそうに思えるのも事実である。できることなら代わってあげたくてならない。

地球のさまよい方

だれでも迷子になった経験があると思うが、わたしも幼稚園に入る以前、迷子になった。チンドン屋の後についていって迷子になったのである。当時はバンドといえばチンドン屋くらいしかなく、音楽の才能のあるこどもはみなチンドン屋に興味を示したものである。かなり長い間チンドン屋について歩き、ふと気づくと一人になっており、日はとっぷり暮れていた。心細くなって泣いているところを、探しにきた親に発見された。このときの経験はむだにはならなかった。わたしはこの経験から、「泣けばなんとかなる」ということを学んだのである。

それ以来わたしはたいした間違いもなく過ごしてきたが、世の中には大人になっても大きい間違いをし続けている人もいる。とくに学者にそれが多いように思う。

わたしの知り合いの学者は、美術展を見に東京から大阪に行ったところ、開かれているはずの美術展が開かれていない。おかしいと思って案内状をよく見たら、美術展が開かれるのは一ヵ月先のことだった。一ヵ月後、日時に誤りがないことを何度もたしかめてふたたび大阪に行ったら、今度も美術展は開かれていない。よく調べたら、会場は東京だった。

外国に行くとさらに間違いは大きくなる。だいぶ昔のことだが、アメリカに行くのにハワイで飛行機を乗り換えていたところ、ある学者がアメリカ行きの飛行機に乗り換えたと思ったら、それは日本に帰る飛行機だった。

別の学者は、ニューヨーク滞在中、ニューヨーク湾内一周の遊覧船に乗ったと思ったら、乗った船が大西洋横断航路の船だった。

このような失敗を犯す人がいるということを信じることができない。わたしの場合、学問のうえで大きい失敗はしても、このような間違いは犯さない。道に迷うことも大人になってからはなくなった。たとえ迷っても、「道に迷った」とは認めず、「回り道をしている」といっているのだ。「道に迷った」と認めることもあるが、それは帰宅が遅くなったときの言い訳に使っているだけである。たまに、駅から家まで違う道を通って帰ろうとして、本当に道が分からなくなることがあるが、そのような冒険心さえ起こさなければ、とくに駅から家までについては、道に迷わないという絶対の自信がある。万一道に迷っても、人に聞けばすむ。だからできるだけ人里離れたところには行かないようにしている。

三年前、イギリスに行った。イギリスではケンブリッジという小さい町に滞在したが、十ヵ月の間、ロンドンに数回行っただけで、ほとんどケンブリッジの町を出なかった。そのためケンブリッジで道に迷ったほかは、ロンドンで二回道に迷っただけだった。

数ヵ月たったころには、ケンブリッジの町にも慣れ、イギリス人に道を教えるまでになった。わたしがちょうど道に迷ってさまよっていたとき、イギリス人が道をたずねてきたのだ。「わたしに聞けば何とかなる」と判断したイギリス人の洞察力に感心しながら、わたしはもっていた地図を見せた。ケンブリッジの地図は、肌身はなさず持ち歩いていたのだ。かれは地図を見るとすぐに納得し、礼をいって立ち去った。わたしもかれにたずねればよかったかもしれないが、ひとに道を聞くような人間に教わるのは、わたしのプライドが許さない。結局、わたしは二時間さまよう方を選んだ。

ケンブリッジの町が小さいからこの程度ですんだが、もし大きい町だったらどうなっていただろうか。いまだに帰国できず、人に道を教えながら、現地でガイドかツアー・コンダクターをしていたかもしれない。

慎重な選択

数年前、久しぶりに留守番をしていたときのことだ。家に人がいないのがこんなに楽しいものだとは知らなかったと思いつつ、留守番の楽しさを満喫していた。家に一人きりというだけでもこんなに楽しいのだ。わたしも家にいなかったら、どんなに快適だっただろうかと考えていると、宅配便が届いた。通販の会社からだ。わたしは注文したおぼえがない。さらに一時間後、別の通販会社から宅配便が届いた。これも身におぼえがない。非常に不安になる。わたしが知らない間に、何がどれくらい買われているのか、見当もつかない。ゴキブリは一匹見つかると十匹はいる、といわれるが、これを基にして計算すると、わたしがいる間に二個見つけたのだから、わたしがいないときには、注文した商品が一日に二十個は届いていることになる。家も家財道具も抵当に入っているかもしれない。

このような状態を憂慮したわたしは、数誌のカタログ雑誌の送付を断わることにした。理性の発達していない人間がカタログを見れば欲しくなり、欲しくなると注文するものである。見る↓欲しい↓注文するという流れは必然の流れである。わたしの場合、「欲しい↓注文する」の段階で、妻が立ちはだかっているため、注文することは避けられているが、妻の場合には何も立ちはだかるものがない。わたしが立ちはだかっても、象の前にアリが身を投げ出すようなものだ。

だれが決めたのか定かではないが、いつの頃からか、「わたしの家に属する者はなんぴとといえども、すべてのことがらについて妻の承諾を得なくてはならない」という不文律が厳然と支配している。この規則によって、わたしも妻も平等に、何か買うときは妻の承諾を得なくてはならない。わたしはできることなら「わたしの家に属する者」から抜けたいものだと思っている。

カタログ雑誌をとるのをやめてしばらく通販で品物を買わなかったのだが、平和は長続きしない。二年前にカタログ雑誌に連載を始めたとたん、ふたたびカタログ雑誌が送られてくるようになり、妻は注文を再開した。何をどれくらい買っているのか、謎に包まれているのは以前と同じである。カタログが届いた翌日、見ると何ヵ所かページを折ってある。無気味である。さらに見ると注文用紙が切り取られている。非常に不吉である。妻は物欲が旺盛なだけでなく、決断も迅速だ。カタログ雑誌に執筆して得る原稿料を上回る金が迅速に費やされているに違いない。

どうしてそんなに簡単に決断できるのか、わたしには不可解でならない。だれが稼いだ原稿料だと思っているのか。それだけの原稿料を得るために、構想を練り、文章を工夫し、居眠りし、カップめんを食べ、プロ野球を見たりしているのだ。その苦労を考えたら、簡単に買うことはできないはずである。

理性のかけらでもある人間なら、何を買うにしろ、まず、買うかどうかを自問するはずである。カタログ雑誌にのっているほとんどのものは、生存に不可欠というわけではない。現にこれまでもそんなものなしでやってきたのだから、これからもなしでやっていけるはずだ。だから買おうと決心するためには、何らかの明確な理由（できれば高尚な理由）が必要である。購入というものは、この理由を考えるところから始まる。その結果、「一層の学問研究の進展のため」など、お役所の作文に似た購入理由が見つかることになる。こういうちゃんとした理由もなしに、「欲しいっ！」だけですませる態度には、理性のかけらもない。

さらに、普通なら、「欲しいっ！」から「注文」までの間に、どの機種にするかを考える「検討」の段階があるはずである。わたしが加湿器やパソコンを買うときのように、あらゆる機種のカタログを集めて仕様を比較し、検討に検討を重ねる（実際にやることは細かい数字を比較し、「数の大きい方に丸をつけよ」という知能テストの問題を解くのと同じだ）のが健全な常識人の態度であろう。審査項目は、性能、大きさ、デザイン、価格、丈夫さ、維持費など多岐にわたり、ときには十にも二十にもおよぶ。

非理性的人間ならとっくに商品を手に入れているところだが、理性的な人間はこういう段階をへてはじめて、迷いの段階に至る。すべての審査項目で最高点をとるものはまずない。ここで迷いが生じてくる。多くの場合、どれを選んだらよいか、決め手がなく、迷いはどこまでも深まっていく。

正しい判断を心がける人間なら、この段階で何日間か悩みに悩んだ末、三回に一回は買うのを断念する。どうしても決め手が見つからない、悩んでいるうちに急に金が必要になった、他人に金を先に使われてしまった、悩みすぎて体調をくずした、などが原因で買うのを断念するのだ。

ここで断念しなかった場合にのみ、注文の段階に進むことができる。たいていの場合、「このままでは心身ともに参ってしまう」という危機感がぎりぎりまでつのってはじめて、どれを注文するかを決定する。

いったん決定したら、注文するのは簡単である。カタログの山の中から注文先の電話や住所を探すのに一時間、書き込むのに五分かかるだけだ。もちろん、たいていの場合、これから書き込もうという土壇場で気が変わり、再び検討の段階に逆戻りする。しかし、そうなっても、いつかは注文の段階に復帰する。

注文したら商品が到着するのを待つだけだ。検討を始めてから時間がたっているため、注文した十回に一回は品切れである。また、商品が到着しても、批判的な目で見るため、商品が気に入ることは少ない。たとえ気に入っても、それをしのぐ画期的新商品が、買った直後に発売になったりする。かといって買わなければ買わないで、「あのとき買っておけばよかった」という後悔が待ち受けている。

慎重に選んでさえ、このような結果になってしまうのだ。これらを一切省略して、「欲しい即注文」というやり方をしたら、どんな結果になるか考えるだに恐ろしい。

だが奇妙なことに、何も考えずに注文する人がダメージを受けることはほとんどない。こういう人は、どんな不都合な結果が出ても、気づかないか、気づいても何とも思わないか、どちらかなのだ（それくらいおおらかなら、その商品を購入することにこだわらないでほしいものだ）。図太い、の一言である（体型もたいてい太い）。

これに対し、理性的なタイプの人間は、検討を重ねては後悔するという経験を積むことによって、無駄な出費を抑え、商品知識を増やし、人格を練磨し、時間を浪費し、心身ともに消耗する。非理性的に軽率に選ぶ人は、万事にわたって何も考えず、何も悩まず、長生きする。

以上で、なぜ慎重に選び抜かなくてはならないかが納得していただけたと思う。

しかし中には、「それほど慎重に選び抜くなら、どうして結婚相手をもっと慎重に選ばなかったのか」という疑問をもつ人もいるかもしれない。実は、この疑問をだれよりも強く抱いているのはわたしである。

わたしの考えるところでは、一般に、理性的なタイプの人間がとくに慎重になるのは、加湿器を買うときのように、どっちにころんでも大差ない場合だけである。その場合でさえ、慎重さが足りないくらいなのに、結婚のように真に重要なことになると、愚かにも、さらに慎重さを欠く傾向がある。だれかがいったように、服を選ぶには暗すぎるような照明の下で、恋愛や結婚の相手を決めたりするのだ。

結婚となると十人中十人が軽率に決断し、十人中十二人が後悔する。悪いことに、結婚の儀式には後戻りできない工夫が凝らされている。婚約指輪、結納にはじまり、神仏に誓い、親類や知人に披露し、印鑑を押し、戸籍を変更するなど、金銭的にも、対人関係の上でも、神仏との関係の上でも、取り消しできないように何重にも予防線が張られているのだ。釣り針のように、一度食いついたら抜けない仕組みが出来上がっている。

だから結婚相手を選ぶときは、どんなに慎重になっても慎重すぎることはない。相手が見つかるようなら、まだ十分慎重になっているとはいえないのである。

被害者の会

わたしの生活は恵まれていない。出勤するときは途中で喫茶店に寄り、「さあ、これから仕事をするぞ」と何度もいい聞かせてからでないと大学に行けない。帰宅するときも喫茶店で「さあ、これから家に帰るぞ」といい聞かせないと帰ることができない。

先日、忙しくて大学の中を走りまわっていたら、それを見ていた学生が後でこういった。「まるでコマネズミのように走ってらっしゃいましたね」

「どうしてカモシカのよう、といえないんだ。正しいものの見方が全然できてないじゃないか。ところで君も忙しそうだったな」

「助手の人に仕事の手伝いを頼まれてたんです」

「変だな。助手の仕事といっても、弁当を食べるのと帰り支度をするくらいのものだろう。助手がそれ以外のことをしているのをわたしは見たことがない」

「研究会の看板の字を書ける人がどうしても見つからなくて、拡大コピーで作ってたんです」

「そうだったのか。それならわたしに一声かけてくれればよかったのに」

「えっ、先生は書道ができるんですか」

「いや、そういうわけじゃない。一声かけてくれたら、〈わたしには書けない〉と答えてあげたのに」

「やっぱりそうですか。どんな人にもとりえがあるものだ、と一瞬思ってしまいました」

　これが教師に対する態度だろうか。失礼にもほどがあるが、これが普通の会話なのだ。いじめにあっているのも同然である。決心を固めてからでないと出勤できない理由が分かっていただけるだろう。

　そこへもってきて今度、わたしの本の中で悪く書かれた（と信じる）助手や学生が被害者の会を作るという。

　だが、わたしの本は普通とは違う。普通の本は、一時的に売れると、すぐに売れ行きが落ちてしまう。その点、わたしの本は、はじめから売れないのだ。だから読む人はおらず、実質的に被害はないに等しい。しかも一番悪く書かれているのは他ならぬこのわたしである。被害者の会が結成されたら、会長になるのはわたしをおいて他にない。わたしが会長におさまったときの連中の顔を想像すると、笑いを抑えることができない。

笑いによる攻撃法

これまで多くの人が笑いについて書いてきたが、いずれも笑いの本質を解明したというにはほど遠い。

こういう出だしで始めるのが、笑いについて書かれるときの常である。そして笑いの本質を解明したというにはほど遠い結果に終わるのが常である。それにもかかわらず、あるいはそれをいいことに、おびただしい量の文章が笑いについての考察に費やされてきた。

笑いほど多くの人の研究心をひきつけてきたものが他にあるだろうか。いっぱいある。少なくともわたしの研究心は、どうやったら学生の質問をかわすことができるか、どうやったら家庭の平和を保ちつつ好きなことができるか、といった問題の方にひきつけられてきた。多くの人は笑いを好むが、だからといって研究したがるとはかぎらない。笑いと笑いの研究とは別物なのだ。料理はおいしくても、料理の本を読んでもおいしくないのである。それと同様に、笑いの研究書を食べてもおいしくない。

笑いは簡単には分析を許さない。笑いは理知を越えているとさえ思う(その点ではわたしの妻に似ている)。そもそも笑っている自分を観察することが不可能である。笑っている自分を冷静に観察しようとすると、笑いが止まってしまうのだ。これは、ちょうど自分の寝顔を見ることができないのと同じである。あるいは、食事中の自分を食べられないのと同じである。

そのうえ笑いは複雑であり、きわめて多くの機能をもっている。ただ、これは好都合でもある。笑いの機能について何をいっても、たいてい当たっているのだ。二、三の機能ならすぐにでも挙げられる。

笑いはまず身体によい。とくに横隔膜をきたえることができる。横隔膜をきたえるのは難しく、他にはしゃっくりくらいしか方法がない。笑い声は大きければ大きいほど効果的である。虫の息になったり、声が出なくなった場合でも、大笑いすることによって、自力で笑えるまでに回復する。

笑いは強靭な横隔膜だけでなく認識をもたらす。いま自分は笑っているという認識だけではなく、考えてみれば当たり前の事実を、あらためて認識させるのだ。たとえば、男が妻に何の理由もなくプレゼントする場合、何らかの理由がある。

という警句は事実をありのままに述べているにすぎないが、それが可笑しいのは、それまでうすうす疑っていたことを明確な形で気づかせるからだろう。もっとも、この警句が指摘する事実はいまでは広く知られつつある。やがて、男は理由もないのにプレゼントをするのをやめるようになるだろう。そのときがきたら、

「男が妻に何の理由もなくプレゼントをしない場合、何らかの理由がある」とか、

「男が妻にプレゼントをしてもしなくても、何らかの理由がある」

という警句が事実をついていて可笑しいと感じられるかもしれない。

笑いはまた、心のバランスを取りもどすための武器になる。しばらく前、イギリス人二人が厳冬の北海を何日も漂流して奇跡の生還をとげたが、二人は漂流の間ずっとジョークをいい合っていたという（横隔膜が強靭だったこともよかったのかもしれない）。

イギリス人は世界に誇るユーモア精神の持ち主である。少なくともみずからそう世界に誇っている。イギリスの冒険小説などでは、主人公が死の危機に瀕して、ジョークをとばす場面がしばしば出てくる。わたしはこれに感心し、イギリス人に「死の危機に直

面してジョークをいえるか」とたずねたことがある。そのイギリス人はしばらく考えて「いえると思う」と答えた。このことから分かるように、イギリス人は嘘つきである。

以下では、武器としての笑いについて考えてみる。どうせ不十分な結果に終わるであろうが。

まず、笑いは防御のための武器になる。クモ恐怖症などを克服する方法として、恐ろしい形をしたクモを思い浮かべ、それを心の中で徐々に戯画化して滑稽なものに変えていく、というのがある。笑いが過度の恐怖を克服するのもこれと同じである。たとえば老化、死、病気など、無意識のうちに過度に恐れているものを滑稽化することによって、悩んだり怖がったりするのがやわらげられるのである。むろんこの方法は万能ではなく、わたしの妻のようにはじめから滑稽な顔をしている場合は打つ手がない。

笑いは防御のための武器だけでなく、攻撃のための武器にもなる。たとえば、わたしは次のように書いたことがある。

英語とフランス語では語彙の量が大きく違う。『大英和辞典』と『ポケット仏和辞典』の大きさを比べてみれば一目瞭然である。（拙著『われ大いに笑う、ゆえにわれ笑う』）

この文を読んで笑う人は、わたしの愚かさを攻撃しているといってよい。この文はあまりにも愚かな誤りを犯している。語彙を比べるには同じ条件で比較しなくてはならないのだ。たとえば『必修英単語五百』と『必修仏単語五百』を比べる必要がある。そうすれば、英語と仏語の語彙がほぼ同数だということが分かるであろう。

攻撃の対象になるのは愚かな誤りだけではない。個人の人格や行動、人類、生物、自然、運命、制度、言語規則、論理など、妻以外のあらゆるものが攻撃の対象になり、笑いの対象になる。

どんなに偉大な人も攻撃の対象になる点では例外ではない。たとえば、「まっとうな普通人の生活を送っていない」、「金や女に過度に無頓着である（または普通人並みに執着している、あるいは金や女に免疫がない）」、「声が甲高い（またはどすのきいた声だ）」、「ハゲだ（または異常に髪の量が多い）」など、その人の偉大な点には関係ないところでいくらでも攻撃することができる。かりに、あらゆる点で完璧な人間がいたら、「異常に完璧だ」とか「不必要に完璧だ」といってわれわれはからかうであろう。

「声が甲高い」とか「ハゲだ」などと、業績とは無関係な身体的欠陥をあげつらうのは卑怯といえば卑怯である。しかし人間として評価されるかぎり、業績だけでなく、あらゆるところが評価の対象になるのだ。笑いはこのやり方でどんな権威でもこきおろす。

われわれがとくにうやまうべき権威として過大評価しているのは自分自身である。それだけに自分を笑うのは効果的である。たとえば次のように自己紹介する場合が考えられる。

「わたしという人間を説明しますと、まず、腰が低い。脚の長さが六十センチしかありません。また、太っ腹です。ウエストが約一メートルあります。頭はいつもすっきり涼しげに、薄い髪です。低い、太い、薄い、の三拍子そろっています。そのかわり、心の狭さではだれにもひけをとらない自信があります」

これは、自分自身、あるいは自分の欠点をみずから攻撃して笑ってみせているのだ。他人に攻撃されるより先に自分で先制攻撃をかけているといってよい。不幸にして、身体的、性格的欠陥に恵まれない場合でも攻撃は可能である。たとえば、

「わたしは温厚です。ちょっと腹が減ったくらいのことでは暴れません。失礼なことをいわれても、相手が暴力団なら腹を立てるようなことはしません。店員につり銭を間違われても怒りません。とくに間違って多く渡された場合には、絶対に怒りません」

とでもいえばいい。

詳細は省くが、ダジャレやナンセンスの笑いも、一種の攻撃として説明できるとわた

しは思う。

それにしても、どうして笑いが攻撃になりうるのだろうか。笑いはどのような意味で攻撃なのだろうか。笑いの攻撃は、アカンベーによる攻撃に似ている。相手に物理的被害を与えるわけではなく、たんに相手の重要性をはぎとるのだ。ちょうどつまらないテレビ番組があった場合、番組の内容を変えることはできなくてもチャンネルを変えたり音声を消すことによって無力化できるのと同じである。

何という素晴らしい攻撃法だろうか。相手がどんなに強くてもよい。自分が態度を変えさえすればいいのだ。相手が他人であれ、自分であれ、規則であれ、自然であれ、病気であれ、運命であれ、横隔膜であれ、過度に重要視することをみずからやめることによって、対象の力を奪うのだ（ただし妻の力はどうやっても奪えない）。自分が何かを過度に重要視していることに気づいて、そこから解放されるとき、笑いが発生する。この点では、笑いは解放のしるしである。

笑うことができるのは人間だけである。コンピュータも動物も笑えない。このことは笑いが高級なものだということを示すものではない（罪を犯すのも原稿の締切を守らないのも人間だけなのだ）。むしろ、人間だけが笑う必要があることを示しているように思う。人間はさまざまなものを過度に重要視する強い傾向がある。こだわっている対象を笑って攻撃することによって心のバランスを保つ必要があるのだ。

わたしは日ごろよく笑われるが、ここに述べてきた理論によると、わたしがまわりから過度に重要視されていることになる。しかしどうもそうは思えないところがこの理論のあやしいところだ。

大人物になってやる

最近、大人物がいなくなった。未熟で軽薄な者が幅をきかせ、大人物がいても相手にされない時代になった。「大人物」という語自体、ほとんど死語となり、意味を正確に把握している人は少なくなっている。わたし自身にもはっきり分からないほどだ。

しかし人間の理想像の一つが失われていくのを座視するにはしのびない。すたれてしまったのなら、わたしがなってやる（こう軽薄に考えるところがすでに大人物らしくないが）。

日ごろわたしはどうも重さに欠ける人間に見られている。貧相な外見のためかとも思うが、わたしの姿を見ていないはずの電話の相手にも軽視されてしまう。声にも深みがないせいかもしれない。

それだけに大人物にはあこがれていたが、問題は、どういう行動をすれば大人物らしくなるのかという点である。わたしのもっている漠然としたイメージでは、大人物はまず、みだりに動じたり驚いたりしない。少なくとも、驚いた時のリアクションが眉を二ミリほど上げる程度でなくてはならない（まったく動じないなら無感覚かと疑われるおそれがある）。もちろん大人物は、鈍感であったり、状況が把握できない、という理由で驚かないのではない。すべて把握した上でなお、驚かないのである。しかも、とっさの反射的行動にも大人物らしさが現われるようになるまで身についていなくてはならない。うしろから突然ワッと大声をだされても驚いてはならないのである。

こうなるとジェットコースターやギャンブルやミステリのようにドキドキハラハラして楽しむものが、大人物には楽しめないことになる。この点では大人物でなくてよかったと思う。

また、大人物がピアノを練習したり、パソコンで情報を集めたりというのも考えにくい。そのほか、ポマード、切手収集、編み物、グルメ、ダイエット、茶パツ、ケータイなども無縁だろう。病気も大人物にはふさわしくない。ソクラテスは冬でも裸足で平気だった。そのソクラテスが花粉症などでマスクをしているところを想像できようか。大人物にとくに禁物なのは、神経性胃炎、歯槽膿漏、不眠症、朝寝坊、夜尿症、夜泣き、などである。

しかしそれ以上細かい点になると、大人物がどう行動するのか、定かでない。わたしは以上のほとんどの点ですでに失格であるから、それ以上細かいことはどうでもいいのかもしれないが、たとえば暇なときは何をしているのだろうか。野球とかプロレスに興味をもってもいいのだろうか。仕事はどの程度真面目にやればいいのか。恐喝されたり、だまされたりしたらどう対応するのか。

疑問は尽きないが、とりあえずわかっている範囲から始めるしかない。わたしは人一倍機敏であり（「落ち着きがない」ともいう）、階段の昇り降りは一段おき、歩くのも小走りに近い。そこである日、職場を出て帰途についたとき、「これからは歩き方だけでも大人物らしくしよう」と決心した。早速実行に移してゆっくり歩いてみると、これがなかなか気分がいい。意味もなくあわてている人々を尻目に、電車に間に合おうが間に合うまいが、悠然と歩くのだ。これだけで大人物になったような気がする。

駅に着き、急ぎ足の人々のなかに混じると、突き飛ばされたり、鞄をぶつけられたりするが、何という小人物ばかりなんだ、とさげすむだけである。歩調を乱さずにホームに上がると、電車が止まっている。始発だからあわてる必要はない。ことさらゆっくり歩いて乗ろうとしたら、目の前でドアが閉まった。あまりにゆったり歩いていたので、乗る気がないと車掌が判断したのであろう。しかしここでくやしがっては元も子もない。

はじめから乗る気はなかったんだという様子を装って次の電車を待つ。電車が着くと、わたしのうしろに行列していた乗客がわれさきに乗ろうとなだれこみ、突き飛ばされて結局席をとることができない（大人物であるにはある程度の体重があった方がよい）。行列の先頭にいながら席がとれないのだ。どうして大人物を尊重することができないのだろうか。

降りるときも簡単にはいかなかった。途中駅で乗客がどんどん増え、混んだ電車の中でもみくちゃにされながら、ゆったり降りようとしているうちに、なだれをうって乗ってきた乗客に押し戻され、降り損ねてしまった。急行だったため次の駅まで相当の時間がかかる。その間わたしは一センチ刻みで徐々に入り口に近づくことに専念した。おかげで何とか次の駅で降りることができたが、電車の中で大人物であることは難しい。たぶん大人物は電車には乗ってはいけないのだ。

電車を降りて人込みを離れると、大人物のように悠然と歩く醍醐味を味わうことができた。夜の冷たい空気がすがすがしい。大人物には人込みは合わないと思いながら歩いていると突然、犬に吠えられた。シェパードに似た大型犬で、吠え方には迫力があり、わたしより数段大物だという感じがする。心臓は早鐘のように鳴ったが、歩調は変えなかった。ここで取り乱したら大人物が台無しになる。それに、逃げたら犬が鎖を切って追ってくるような気がしたのだ。大人物に吠えてはいけないというルールをすべての犬にしっかり教えておく必要がある。

ふだんよりはるかにゆったりした動き方しかしていなかったのに、家に着いたときにはふだんの何倍も疲れているのが感じられた。

大人物になる試みは打ち切ることにした。家で大人物を貫くのは電車内よりもはるかに困難であることが予想されたからである。

わずか二時間ほどの経験だったが、わたしははっきり実感した。現代は大人物には生きにくい時代である。少なくとも電車と犬と家庭が存在するかぎりは。

あなたの健康法は間違っている

健康になるのに王道はない。だれもが知っている当たり前のことを地道に実践するのが結局は近道である。しかし、「だれもが知っている」といっても、一般的な題目を知っているだけで、正しい実践の仕方を具体的に知っている人はほとんどいない。以下は正しい実践法である。

★ストレスのない生活
ストレスの主な原因は、仕事、税金、家族、職場の同僚、ストレスへのこだわりすぎ、などである。ストレスを避けようと思うなら、職場に別れを告げ、離婚することが不可欠の前提になる。できれば無人島でひっそり暮らすか、税金のない国の大富豪になって、家族とのつきあいや仕事を雇い人に代わってやってもらうのがよい。しかし生きている限り、ある程度のストレスはつきものである。ストレスを完全になくしたいなら、死を待つしかない。死んでしまえば、ストレスや病気から完全に解放された生活をエンジョイできるだろう。

★十分な睡眠

睡眠は長時間とるほどよく、できれば一日三十時間はとりたいものである。現行の一日二十四時間という制度では、これは不可能であるため、一日二百時間制くらいにするよう法律を改正する必要がある。睡眠健康法はどこでも実行できるすぐれた方法であり、学生たちは授業中、勤勉に実践している。不眠に悩む人がいるが、条件さえ整えば眠るのは容易である。風呂に入る、わたしの講義を聞く、会議に出る、日経新聞を読む、睡眠薬を飲む、哲学書を読む、などが効果的である。確実に眠ろうとするなら、これらを組み合わせるのがよい。何日間も眠らずに運動した後、睡眠薬を飲んで会議に出席し、会議中、哲学書を読みながら風呂に入り、わたしの講義を聞くと眠りやすい。

★規則正しい生活

たとえば火曜日と金曜日に麻雀で徹夜したとすると、これを規則正しいものにするためには以後、毎週、火曜日と金曜日に麻雀で徹夜しなくてはならない。しかし哲学的にいうと、何が規則にかなっているかを決定するのは難しい。たとえば生まれてから五三二九日目に徹夜したとすると、それは、次が五三二万九千日目、その次が五億三二九万日目、と続ける規則なのか、五三二九日から毎日というのを一年間続ける規則なのか、決めようがない。このように規則は無数にありうる。結局どんな生活をしてもそれに合う規則を考えることができるのだ。したがって、規則正しい生活を維持するためには、自分の生活にあてはまる規則を見出す練習が不可欠になる。

★偏らない食事

できるだけまんべんなく食べるのが大切である。たとえば朝はソーメン、昼はラーメン、晩はスパゲッティと和漢洋そろった場合、グランドスラムを達成したようで気分もよい。他にも、動物、植物、鉱物をまんべんなくとる（時には石を食べなくてはいけない場合もでてくる）とか、二本足（鶴など）、四本足（亀など）、無足（ミミズなど）、百足（ムカデ）、五本足（杖をついた亀）を均等に食べることも考えられる。

★有害なものを避ける

アルコール、ニコチン、青酸カリなど有害なものに依存しないようにすることはもちろんだが、食品とされているものでも、納豆、みょうが、シソのように有害なものがあるから注意が必要である（幸いわたしは有害食品は生まれたときからやめている）。有害食品かどうかは、おいしいかどうかで簡単に見分けることができる。その他、視覚的に有害なものもある。人によっては鏡で自分の姿を見るのを避けた方がよい。知らず知らずのうちに目を痛め、心身を蝕《むしば》んでいることがあるのだ。

★清潔を保つ

最近わが国では、幸いなことに清潔さに対するこだわりは病的なまでになっており、わたしも週に一度は入浴し、三日に一度は歯を磨かないと気持ちが悪くなるまでになっている。最低でもこれくらいの清潔さは心がけたいものである。とはいっても、洗えばよい、磨けばよい、というものでもない。本体そのものが不潔だったら効果はない。たとえばバイキンそのものをいくら洗っても、純粋なバイキンになるだけである。最近、中年男もバイキンの一種ではないかという疑いが広がっている。中年男にならないようにするのが一番だが、その方法はまだ発見されていない。科学の進歩に期待したいものである。なお、間違っても道に落ちているものを拾って食べたりしないよう気をつけたい。いつどこで人が見ているか分からないのだから。

★乾布摩擦

タオルで身体をこするくらいで満足してはならない。タオルをタワシに替え、タワシを金属タワシ（と磨き粉）、さらに紙やすりへと替えていき、最終的にはやすりや剣山に替えて、ピストルの弾くらいは撥ね返すような皮膚にまでもっていきたい。そうなれば、たとえ風邪がもとで死ぬことはあっても、ピストルに撃たれて死ぬことはなくなるだろう。

★腹八分

どれくらいの量が腹八分なのかは、個人によって異なる。日頃からたくさん食べて胃を広げておかないと、いざ腹八分を実践するときになって苦しくなるから要注意である。胃を広げるには、あまり嚙まないで短時間のうちに食べられるだけ食べた後、「入るところが違う」ような好物を食べるのが効果的である。これを毎日実践しておくとよい。

★適正な体重

適正さの目安は身長にもよるが、十キロから二百キロの間であろう。五トンもあるようではよくない。世間でいわれている「適正体重」というものがどうやって割り出されたのか不明である。おそらく発案者が自分の体重か、飼っている犬の体重をもとにして割り出したのだろう。最も簡単な計算法は、身長から百十センチを引く、というものだが、これだと、百十センチ以下の人は、体重ゼロでなくてはならないし、逆に体重が二百キロの人は、身長を三百十センチにまで伸ばさなくてはならないという問題点がある。

★適度の運動

「適度」とは、無理がかからないということであり、「無理がかからない」とは、本来、絶対安静を意味する。重い病気ほど安静が必要になることからわかるように、安静ほど健康にいいものはないのだ。スポーツなどは非常に身体に悪い。その証拠に過去のスポーツ選手は例外なく死んでいる。例外的にスポーツをしてもよいのは、わずかに、①スポーツしないと殺す（あるいは百円取るぞ）、と脅迫されたとき、②人に誘われてどうしても断われないとき、③自分が誘ったとき、しかない。その場合でも、できるだけ絶対安静を保てるようなスポーツを選ぶべきである。

★リラックス

興奮や緊張を避け、心身の平静を保つのは意外に難しい。ハラハラドキドキしたり、手に汗握ったり、大笑い（笑っているときは横隔膜や顔面の筋肉など身体各部が痙攣しているのだ）してはならない。ジェットコースターに乗るなど自殺行為である。だからテレビを観るにしても、面白いものは控えるべきである。どうしてもテレビを観たいなら、テレビの裏側を見るか、電源を切って見るようにするのがよい。幸い、番組の中にはそれよりもっとつまらないものが多いから、番組を観る方が無難かもしれない。いずれの場合でも、一時間毎に四十分から五十分の休憩を入れるのを忘れてはならない。

＊＊＊

健康への道は険しい。わたし自身ここに書いた通りに実行しているつもりだが、それでもなお、わたしの健康状態は改善される兆しがない。それどころか悪化しているような気さえする。ここに書いたようなやり方でもまだ手ぬるいのかもしれない。

丈夫なものの運命

陶器とわたしはいろいろな点で異なっているが、最大の違いは丈夫さである。陶器は磨耗せず、劣化しない。腐蝕、変質、腐敗、老衰をまぬかれている。衝突せず、墜落せず、沈没せず、落第せず、暴落しない。

驚くべき丈夫さである。少しでもあやかりたいものだと思う。しかし丈夫であることにも問題がある。そのことを先日はじめて知った。

以前、祝い返しに湯呑み茶碗が五個セットになったものをもらったことがある。妻がそれを一目見て嫌ったのが分かった。ゴキブリを見るのと同じ目つきだったからだ。

わたしは食器より料理の方を気にするタイプだが、残念なことに、妻は料理よりも食器にこだわるタイプである（とくに自分が料理を作る場合）。しかしちょうどそのときちゃんとした湯呑みがなかったので、それをふだん使うことになった。

数週間後のある日、妻が出した湯呑み茶碗がいつもの湯呑みと違う。不審に思ったわたしは、妻を厳しく詰問した。

「あのー、いつもの湯呑みと、えーと、違うようだね。これもなかなかいいじゃないか。ところで今までのはどうしたの」

わたしは家ではこういう詰問の仕方をしている。妻は、

「割れてしまったので新しいのに替えた」

という。ますます不審に思ったわたしは、有無をいわせぬ口調でこう指摘した。

「たしか五つあったような気がするんだけど。勘違いだったかな」

これに対して、妻はうれしそうに答えた。

「五つあったのが一つずつ割れていって、全部割れた」

一月もたたないうちに五つ全部、しかも一つずつ割れてしまうようなことがあるだろうか。たしかに妻は粗暴な性格をしているが、食器だけは大事に扱っており、気に入った食器の扱いには細心の注意を払っている。とくに大事にしている銅のコップは絶対に割らない。そういう人間が、この湯呑みセットだけ選んだように割れたというのだ。選んで割ったとしか思えない。

「割れた」とひとりでに起こる自然現象であるかのような表現をしているが、故意に割

ったに決まっている。少なくとも、「割れますように」と祈りながら扱っていたに違いない。

丹精こめて職人が作った湯呑みを、また、せっかくのいただきものを、気に入らないというだけの理由で、こんなに粗末にしていいのか。「気に入らない」というお前のセンスがどれだけのものだというのか（お前の選んだ服を見ろ、お前の選んだ夫を見ろ）。たしかにこの湯呑みセットは安いかもしれないが（デパートで一セット千五百円で売っているのを見たのだ）、安ければ粗末にしてもいいのか。世界中の、湯呑み茶碗をもっていない何億もの人のことを考えろ（日本茶を飲まない欧米人、アフリカ人など）。

わたしの胸に怒りがこみあげてきた。ふだんおとなしいわたしが、かつてない強い調子で怒りもあらわに妻を叱りつけた。

「ふーん、そうだったのか」

と。こう叱ったあと、緊張で膝が震えるのがとまらなかった。

それからしばらくたったころ、わたしは忘年会の景品で再び湯呑みセットをもらった。妻がそれを一目見て嫌ったのが分かった。わたしを見るのと同じ目つきだったからだ。

「かわいそうに、このセットも割られる運命か」と清らかな心を痛めていると、妻はこう宣言した。

「実家の母がちょうどこういうのをほしいといっていたから、母にあげようっと」

わたしの家では、ものごとはこのように一方的に決まって行く。

さらに月日が流れ、こういうことが二、三回あった後、妻と義母の会話を聞いていたわたしは、驚くべき事実を知った。妻の実家では、義父がわたしと同じように、どんな食器でも大切に扱うべきだというきわめて正しい考えをもっており、気に入らない食器を捨てるのを禁じていた。そこで義母は、もらった食器が気に入らない場合、義父に「娘にやるから」といってわたしの妻に食器を渡し、妻がそれを捨てていたというのだ。妻がわたしに「実家にあげる」といって義母に渡していた食器は、義母が捨てていたのである。

わたしは思った。丈夫なのも考えものだ。陶器は丈夫であるばっかりに、嫌われたが最後、どう阻止しても、割られるか、捨てられる運命にある。丈夫でなくてよかった。

恩師の立場からみた柴門ふみ

わたしはこれまで多くの学生を教えてきた。どこに出しても恥ずかしくないような人間を世に送り出してきたつもりである。少なくとも、どこに出ても恥ずかしさを感じないような人間にはなっているはずである。

しかし残念なことに、わたしの努力に恩義を感じる学生は皆無、というのが実状である。

先日も、銀行に就職する学生に恩返しの必要性を説いたが、馬の耳に念仏だった。恩返しといっても、わたしの望むのは別にたいしたものではなく、ちょっと伝票を操作してわたしの口座に金が入り込むようにしてもらうだけのことなのだ。

これまで何人も銀行に就職しているが、すべて同じだった。こんな簡単な頼みを聞こうとする学生が一人もいないというのではあまりに淋しい。これでは、伝票の操作の仕方も分からないのだ、と受け取られてもしかたがないだろう。ちゃんと仕事をやれているのかどうか疑問である。

他の学生も同じように恩知らずである。とくに、ある程度の成功を収めていながら、恩返ししようとする気配もない学生には困ったものである。そのような例として、現在、漫画家、エッセイストとして有名になっている教え子について書いておく。この教え子の名をかりに柴門ふみ（仮名）と呼んでおく。

これまでわたしは教え子について具体的に書くのを自粛してきた。書くとわたしの教育能力が疑われることを恐れたためである。しかし、柴門ふみは、わたしが文句をいわない温厚な性格であるのをいいことに、わたしのことを遠慮なく書いており、それを読んだ人に悪いイメージを植えつけている。明らかに嘘だと分かる書き方をしているならまだいい。いかにも本当ではないかと思わせる書き方なのだ。それが一番迷惑するところだ。たまには嘘でもいいから、ほめることができないのかと思う。この機会に、勝手なことを書いたらわたしも勝手なことを書くぞということを示しておきたい。

わたしは彼女の恩師である。彼女がわたしから何を学んだかは明らかでない。もしかしたら何も学んでいないかもしれないが、それでもわたしが彼女の恩師であることは疑う余地がない。

第一に、彼女はわたしの授業を聴講したことがある。一時間でもわたしの授業に出たが最後、どんなに学ぶところがなくても学恩は発生し、一生恩師と仰ぐ義務が生じる。授業中ずっと居眠りしていても居眠りできた恩が発生するのだ。

第二に、彼女には物質的に多くのものを与えた（あるいは奪われた）と思う。数人の同級生と一緒にわたしの家に遊びにきたとき、彼女は初めての来訪であるにもかかわらず、風呂に入って髪まで洗い、一泊した上、缶入りバターを二缶もって帰った。そのとき、みかんの缶詰と現金もなくなったように思う。

その後も何回か家に遊びにきたが、そのたびに金が減ったような気がする。そのためか、その後家を買い替える余裕がなかったわたしとは対照的に、彼女は何回かわたしの家に遊びに来た後、都内に一戸建を購入した。

わたしが教える前の彼女は、西も東も分からず、箸にも棒にもかからない人間だった。ただ、さすがに彼女は当時から他の学生にないものをもっていた。自分の名前である。

卒業直後も未熟だった。卒業後まもなく弘兼憲史氏（仮名）と結婚したことからも未熟さがうかがえるが、その後、年月を重ねるにつれてしだいに才能を発揮するようになった。ようやくわたしの教育の成果が出てきたのだ。わたしはこのことから、教育の成果というものは十年以上たたないと現われないものだと知った。

エッセイの腕も上がってきていると思う。単調な毎日を送っていてよく何本もエッセイを書けるものだ、と感心していたら、彼女は、「平凡なことでもいろんな角度から、虚実とりまぜて書いている」という。しかし「虚実とりまぜて書く」といういい加減な態度でいいのだろうか。これではわたしと同じではないか。「虚実とりまぜて書く」という態度は、大学時代に答案などでつちかったものに違いないが、もっと書くものに責任をもってもらいたい。

今や彼女は有名人である。学生たちには圧倒的な人気だ。しかしわたしが彼女の恩師だといくらいっても、学生たちは信じようとしない。わたしの授業を聴いているうちに、わたしのいうことを信じないという態度が固定してしまったのかもしれない。何か証拠が必要だ。

パーティーで彼女に会ったとき、わたしは、一緒に写真をとってくれ、と頼んだ。彼女は快く応じてくれたが、考えてみると一緒に写真におさまっているだけでは、わたしが彼女の恩師であるという証拠にはならない。「漫画家とそのファン」かもしれないし、「漫画家とその従僕」かもしれず、無数の受け取り方がありうる。悪いことに、彼女はわたしよりも堂々とした体格の持ち主である。少なくとも体重では彼女の方が勝っているはずだ。どうみても彼女の方が目上に見えてしまう。

　そこでわたしはこう頼んだ。

「君がわたしに平身低頭、あるいは土下座しているところを写真にとらせてくれないか」

　すると彼女は、

「お断わりします」

と、にべもなく断わったのである。なんという恩知らずだろうか。

　それから数年後、わたしが部分的に執筆した高校教科書の挿絵を柴門ふみに描いてもらうことになり、わたしが電話で交渉することになった。

「喜べ、君にもやっと恩返しの機会がやってきたぞ」

「喜べるかどうか疑問ですけど。何ですか」

「いま作っている教科書の挿絵を描いてほしいんだ。こういうとわたしが頼んでいるみたいだが、もちろん金は会社が払うから、君に仕事を世話してやっているといってもいい。君が描かせてくれと頼んでもおかしくないところだ」

「仕事なら十分すぎるくらいあるんです。どんな挿絵を描くんですか。〈飛ぶ矢は飛ばない〉の矢を描けばいいんですか」

〈飛ぶ矢は飛ばない〉というのは、古代ギリシアの哲学者ゼノンが考えたパラドックスで、「飛んでいる矢は、どの瞬間をとっても、その瞬間には静止している。静止しているものをいくら集めても運動は出てこない。ゆえにその矢は飛んでいない」というものである。彼女が記憶していることはおそらくこれだけであろう。とはいっても一つでも記憶があるということは、わたしの学恩を受けたという何よりの証拠である。それを確認したわたしはこういった。

「止まっている矢でいいんならわたしが描く。もし君が引き受けないのなら、わたしが描いて、教科書会社に〈柴門が描いた〉といって売るからな。今やってくれたら、将来君が行き詰まったとき君の代わりに絵を描いてやってもいい」

わたしに代筆してもらえることに喜んだのか、結局引き受けてくれた。しかしこんなことで恩返しをしたと思われては困る。わたしの方も代筆を申し出たのだから、五分五分の取り引きなのだ。

それ以来、恩返しはしてもらっていない。代筆の依頼もまだ来ない。

(文中、実在の人物との一致はすべて偶然である)

不死の薬

死というものは、死ぬほどいやなものである。多くの人はこう思っている。これと反対のことをソクラテスは主張した。死は悪いものだとどうしていえるか。疲れたときの眠りのように快いかもしれないではないか、何の根拠もなく死を恐れるのは馬鹿げている。こう主張したのである。

しかしこの議論は誤っているとわたしは思う。死の恐怖は何か理由があって生じているのではない。ちょうど、何の理由もなく食欲が生じるのと同じで、われわれはわけもなく死が恐いのだ。だから、死の恐怖には何の理由もないからといって、その恐怖が不当だということにはならないし、恐怖が消えてしまうわけでもないのである。

しかし奇妙なことに、われわれは死を非常に恐れている一方で、生存に絶大な価値を認めているわけではないように思われる。たとえば、愛や理想のために生命を投げうつ人が賞賛されるのに対し、生存のためにすべてを投げうつ人や、愛や理想を犠牲にしてでも生き延びようとする人は賞賛されず、むしろ軽蔑されるのである。これはちょうど、食欲、性欲、名誉欲などを追求し過ぎる人が軽蔑されるのと似ている。

このようにわれわれの死に対する気持ちは単純ではない。かりに不死の薬があったとしよう。不死の薬は、多くの人が一生を費やしてまで求めてきた。その不死の薬が発見され、しかもそれが一錠しかないとしたらどうだろうか。

おそらくその薬をめぐって多くの人が命を落とすに違いない。「あなたのためならどんな犠牲もいとわない」といっていた人間がその相手を殺してでも薬を手に入れようとするのではなかろうか。このような人間の醜さにあらためて愕然とし、絶望する人は多いだろうが、その人たちも絶望のあまり死を選ぶところまではいかないだろう。

しかし不死を望む人は、不死になったらどうなるかということを深く考えているだろうか。不死になってもいいことばかりではない。

不死になると、死ぬほどの退屈が待ち構えている。死ぬほど退屈するにもかかわらず、死ぬまでには至らない。だれかがいったように、雨の日曜日の午後をもてあましているような人間が不死を望んでいるのである。

どんなに面白いことでも、何百年、何千年と続けていればやがては飽きてしまうものである。すべてに無感動になった老猫が感じているのより何億倍も強烈な退屈が待っているのだ。そうなったら、変化になるものでありさえすればどんなことでも、たとえそれが歯痛でも、歓迎するであろうが、それにもやがてうんざりしてしまうだろう。その上、その歯も抜け落ちて歯痛もありえなくなってしまうのである。

退屈だけならまだいい。まわりのものがすべて消滅し、何一つ生きていないような世界の中でただ一人、地球も太陽も消滅した無限の宇宙を漂うだけの毎日、どんなに腹が減っても何千年も食べない状態が続いても死ねない状態、あるいは、ものすごく気味の悪い宇宙の生物に取り囲まれて奴隷にされ、殴る蹴るの暴行で半殺しの毎日が何百年続こうが、絶対に死ぬことができない状態、これでは地獄にいるのと変わらないではないか。病気になっても病院や薬局はなく、水が出なくなっても水道屋がおらず、ものが欲しくても商店がなく、テレビをつけても何も映らないのである。

天国だろうが地獄だろうが、永遠に経験し続けることには人間は耐えられない。それどころか、たとえ短期間でもちょっとしたことで耐えられなくなるのだ。これはマーク・トウェインの次のことばが雄弁に語っている通りである（これは死に関することばの中で、わたしが知るかぎり最も深遠なことばだと思う）。

「船に乗って船酔いしたわたしは最初、もう死ぬのではないかと心配した。次の日、もう死なないのではないかと心配した」

こうしてみると、適当な時がきたらあっさり死ぬ方がずっと幸福ではなかろうか。わたしなら、このようにいって人々を説得し、不死の薬を一人犠牲になって飲むだろう。

ジャズピアノにはいろんなスタイルがある

ジャズピアニストにはさまざまな修飾語がつけられる。「後ノリのエロル・ガーナー」、「ピーターソンの流れを汲むベニー・グリーン」など。中で最も多いのは、「天才」ピアニストで、この業界では「天才」は「平凡」のことを意味する。天才の中でもとくにすぐれた人たちには、「不滅の」とか「不世出の」とか「悲運の」天才という形容詞がつく。なぜか「幸運な天才」というのはない。

また「趣味のよい」ピアニストや「孤高の」ピアニストというのも多い。孤高のピアニストを集めてグループが作れるほどだ。マル・ウォルドロンなどは、「孤高のピアニスト」といわれるだけでなく、「ジャズピアノの哲学者」といわれることがある。どうして哲学者なのか知らないが、「経済学者」とか「病理学者」などといわれる人はなぜかいない。また、「ジャズピアノの詩人」といわれる人はいるが、「ジャズピアノの税理士」などといわれる人はいない。

これらの修飾語はピアニストのスタイルを表現している。わたしはジャズピアノを趣味でたしなんでいるが、素人にもスタイルというものはある。わたしのスタイルは、ハービー・ハンコックとマッコイ・タイナーと近所の幼稚園児のスタイルを混合し、それを百倍くらい下手にしたようなスタイルである。

歴代の超大物ピアニストのスタイルを概観してみよう。

★アート・テイタム：「超絶技巧」の持ち主。彼のスタイルは、ストライド奏法というもので（マラソンの走法の名前みたいだが全く違う）、左手でベース音と和音を交互に「ズンチャ、ズンチャ」と弾く奏法である。ベースとドラムの存在理由を奪うような奏法なのだ。この奏法は単純に聞こえるが、実際には長い指（最低十度の音程を押さえることができなくてはならない）と高度のテクニックが必要である。ビデオを見たことはないが、アート・テイタムには、たぶん手が三本あったのではないかと思う。

★バド・パウエル：ビバップの代表的ピアニスト。左手は、ところどころに二、三音入れるだけにとどめ、右手でチャーリー・パーカー的フレーズを弾くというスタイルを確立した。ピアノを管楽器として使ったといわれている。わたしはピアノをよく机として使っているが、なぜか評価されない。同じビバップのピアニストであるモンクと対比

上段左からアート・テイタム、バド・パウエル、セロニアス・モンク、中段左からビル・エヴァンス、オスカー・ピーターソン、マッコイ・タイナー、下段左からハービー・ハンコック、チック・コリア、キース・ジャレット
（アート・テイタム©ポリドール）

され、モンクはバーティカル（垂直的）だが、パウエルはホリゾンタル（水平的）といわれることがある。バーティカルとは、和音の構成音を主体としたアドリブのスタイルのことで、ホリゾンタルとは、音階を基にしてメロディーを作るアドリブのスタイルのことである。

★セロニアス・モンク…　独自のスタイルの持ち主で「孤高」という形容がぴったりのピアニスト。見るからに変人で、友達がいそうにない風貌をしているためかもしれない。モンクはピアノを流麗に弾かなかった。たぶん弾けなかったのだろう。弾いているところを写真で見ると、指が平らに伸びきっており、確実にピアノの先生に叱られる手の形をしている。わたしの指も同じように伸びきっており、その点では同じスタイルである。違いは、ただ、わたしが偉大なピアニストでないということだけである。しかしモンクは、同じように指が伸びきっていても偉大なピアニストになる可能性があることを保証してくれた（にもかかわらず、わたしの場合、その可能性はゼロである）。かれの演奏を聞いていると、ミスタッチなのか、わざと出した音なのか、判然としないことがある。ジャズは譜面がないため、ミスタッチかどうかは本人の証言によってしか決まらない（何と好都合なことであろうか）。モンクはどう証言したか知らないが、わたしの場合は、すべて「ねらって出した音」ばかりで、ミスタッチは皆無である。ただし、わたしがどの音をねらっていたかは、自分でも後になってみないと分からない。

★ビル・エヴァンス‥　「知的」とか「繊細」という形容がふさわしいピアニスト。「知的」とか「繊細」というと、わたしのことかと思う人がいるかもしれないが、そう思う人は、わたしのことをよく知らない人である。ビル・エヴァンスの人柄は知らないが、かれが大雑把だったとか、おおらかな人間だったということは非常に考えにくい。ウィントン・ケリーとともに根音を省略した和音を弾くスタイルを確立した。根音はベースにまかせたのだ（これによってベースに存在理由が与えられた）。左手で弾く和音は、「ドミソ」と弾くところを「ミソラレ」と弾いたりするなど、洗練された響きをもっている。かれの音楽は、まるでドビュッシーやラヴェルのようだ、といわれる。それを聞いてクラシックを知らないわたしは「ドビュッシーやラヴェルの音楽というのはビル・エヴァンスのような音楽なのか」と思った。

★オスカー・ピーターソン‥　「華麗なテクニック」とか「至芸」と称されたらこの人のことだ。流麗饒舌でハッピーなスタイルで、どんな難しいことでも簡単にやってしまう。これだけのテクニックがあれば、どんなことでもできるのではないかと思う。できないことといえば、ピアノを食べることとくらいだろう。

★マッコイ・タイナー‥　コルトレーンの影響を受けた独自のスタイル。左手は四度重ねの和音、右手はペンタ・トニック（「ドレミソラ」という音階）を使ったモード奏法（音階を基にしたアドリブの仕方）が特徴的である。インとアウトの往来（基本になる音階からずれたり、もとにもどったりすること）が絶妙だ。わたしをはじめ、現在の多くの若手ピアニストに影響を与えている。顔は怖く、とてもミュージシャンには見えない。普通の市民にも見えない。しかしバラードなどリリカルだし、美しい曲も書く。リリシズムは顔ではないことを証明している。

★ハービー・ハンコック：　現在のジャズピアノ界をリードする大御所的存在。新主流派といわれ、伝統を継承しつつ、斬新な方向を打ち出している。完璧なリズム感、洗練されたセンス、巧みなバッキング、メロディー、ハーモニー、リズムの独創性など、欠点がなく、ロックから非常に進んだジャズまで何をやっても超一流の実力をもっている。かれの手にかかると、どんなに高度なことをやっても自然に聞こえるから不思議である。わたしの手にかかると、どんなに簡単なことをやっても不自然に聞こえるのが不思議である。

★チック・コリア：　クラシック、ジャズ、フュージョン、前衛音楽と何でもこなす才人。顔は南こうせつに似ている（と思う）が、音楽はまったく似ていない。国籍も似ていない。演奏スタイルは、マッコイ・タイナーやハービー・ハンコックの影響を受けているが、計算し尽くしたような、きちんとした構成をもったアドリブが特徴的である。わたしは、計算間違いをしたような演奏が得意だ。

★キース・ジャレット：　分類に困るピアニスト。「フォレスト・フラワー」で超人的なアドリブを平然とやってのけるかと思えば、別の曲では小学生でも思いつきそうなメロディーを一生懸命弾いたりして、よく分からないところがある。クラシックピアニスト並みにクラシックの曲を弾くところをみると、ピアノの基本は完璧なのかもしれないが、画面でみるとピアノを弾くときの姿勢は基本から外れている。椅子から外れることさえある。演奏スタイルはきわめて独自なものだが、なぜか「孤高のピアニスト」とはいわれない。「孤高のピアニスト」のグループにも入れてもらえないほど変わっているからかもしれない。

ナンセンスの疑い――「わたしってだれ？」って何？

1

はじめに断わっておくが、これから書くことは哲学研究者の意見を代表しているわけではない。これはわたしが特別変わったことを考えるからではなく、哲学の世界では、どんな大哲学者といえども無傷ではいられないほど反対や批判が横行し、意見の一致というものがみられないからである。このために、どんな信望の厚い人でも哲学研究者の意見を代表することはありえないのである。どうして他人のいうことに素直に賛成できないのかと思うが、事実なのだから仕方がない。「素直な哲学者」、「批判されない哲学的主張」というのは形容矛盾でさえある。

先日、同僚と昼食をとりながら世間話をしていたときの話である。日ごろ注意して避けていたにもかかわらず、いつの間にか世間話が哲学の議論に発展してしまった。ひとたびこうなると、まず決着はつかないと思ってよい。そのときも議論は続き、夕食をとりながら議論を続け、その後喫茶店に場所を移してからも（移動する間ももちろん、議論はとぎれない）ますます議論は白熱し、閉店まで議論は続いた。店を追い出された後も、駅の改札口で議論を続け、終電が出る間際になってようやく議論に終止符を打って別れたのである。このときはじめて、わたしは「終電」という制度の必要性を知ることができた。

だが真の問題は、議論が長時間に及んだということではない。問題は、これだけ議論しても何一つとして合意に達した点がなかったということである。長時間を費やして、声がかれたという以外、何の成果もなかったのだ。それどころか、あまりに議論に夢中になっていたためか、何を議論していたのかさえ記憶に残っていないほどである。

この事例からわかるように、哲学をやる者は簡単には（あるいはむしろ絶対に）他人に賛成しない。このため、どんな細かい問題についても、「だれもが容認する答え」というものがない。歴史上の大哲学者も例外でなく、必ず反対にあい、容赦ない批判にさらされてきた。賛成する者より反対者の方が多いくらいである。まして名もない哲学者などは、無視されることこそあれ、賛成してもらうことはありえない。このような事実を振り返るたびに思うが、こんな思いやりのない世界の中によく生きていられるものである。自分こそが正しくて他人は皆誤っている、とでも誤解していないと、生きていられない世界なのだ。

このような世界の中で、わたしだけが例外的に無批判で受け入れられるはずがない。実際、わたしの学生も、わたしのいうことには深い疑いの目を向けている。学生にしてみれば、わたしのいうことは、理解できないか、つまらないか、誤っているか、のどれかである。わたしにいわせれば、わたしのいうことは、自分でも分かっていないか、われながらつまらないと思うか、自分でも誤っているとしか思えないか、のいずれかである。自分でいうのも何だが、わたしは、信頼できないことをいうことにかけては自信がある。これはわたし一人の思い込みでなく、人々の間でも「信頼できない」男という評判はゆるぎなく確立している。だから、何かを信じてもらおうと思ったら、自分が考えているのとは逆のことを主張しなくてはならないほどだ。

しかし考えてみると、学生のこのような態度は、わたしの教育の成果といってよい。わたしは平素、疑うことの大切さを力説し、「わたしのいうことには、故意または偶然により誤りが含まれている」と警告しているのだ（後になってみるとたいてい、思っていた以上に多くの誤りが含まれていることが判明する)。もちろん同僚も同じように疑うことの重要性を学生に説いているが、わたしの場合とは違って、学生からは厚い信頼を寄せられている。同僚の教育の仕方に問題があるのだろう。

以上でわたしの書くことが哲学者の代表でないこと、あてにならないことが納得していただけただろうか。納得していただけないなら、これにまさる喜びはない(自分の主張が説得力をもたないことが喜ばしいこともあるとは知らなかった)。

こう断わった上でいうが、「わたしはだれ？」という自分探しの問いはナンセンスの疑いがある。このことを二、三の角度から論証してみたい。

普通の生活の中で「わたしはだれ？」と質問した場合、その人が記憶喪失でもないかぎり、非常に変わった人間だと思われるだろう。「お前は土屋だろう」といわれるだけですめば、幸運だと思わなくてはならない。

もちろん、この問いは名前や素性や職業を求めているのではない。そのような日常的レベルの話とは違い、もっと深遠なことを問題にしているのだ。では何を求めているのか、と問われたら、これに明快に答えることは難しい。せいぜい「本当の自分とは何か」という問いに対する答えを求めていると表現される程度だろう。非常に特殊な場合を除くと、「本当の自分とは何か」という問題は日常的には問われることがない。どうしてこのような非日常的な問題が立てられるのか、その動機として次の二つが考えられる。

①「自分は普通に考えられているだけの人間ではない。だれそれの子だ、だれそれの夫だ、これこれの職業についていて、これこれの容姿をしている、といった世間的に通用しているつまらない自分とは別に、本当の自分というものがあるはずだ。それは世間で考えられているよりもはるかに貴重なもので、かけがえのない、特別な価値をもっているはずである。それを探りたいのだ」と、「知られざる自分の価値」を発見することが、自分探しの隠れた動機になっていることがありうる。

しかし、本当の自分というものを探し当ててみたら、思っていた以上につまらない人間だった、ということもありうる。自分が世間で認められている以上に価値がある、と期待する理由はないのだ。

それどころか、世間で使っている基準を離れたら、そもそもどんな基準で自分を評価したらいいのか、知りようがない。基準がないなら、ちょうど時計を使わずに「本当の」時間を測ろうとしても、測りようがないのと同じである。あるいは、「物差しは人為的だから、物差しなしで自然本来の棒の長さを測ろう」とするようなものである。

もちろん、評価の基準を勝手に決めることもできる。たとえば、「特別な価値があるような気がする」ことを基準にして特別な価値があると決める、などいくらでも基準を決めることができる。しかしそのように勝手に作った基準を基にして「わたしは特別な人間だ」とか「わたしの価値ははかりしれない」と主張しても、だれからも相手にされないだろうし、何より自分自身が納得できないだろう。

したがって「自分の本来の価値」を求めるのは無駄な試みである。

②「自分は本当の満足を得ていない。日常、こまごましたことで表面的に満足はしているものの、それらは本当の満足とはいえない。自分が本当は何を欲しているのか、それが知りたい。それを知れば、本当の満足が得られるだろうし、不安を感じないで生きていけるだろう」という考えが動機になっている場合がありうる。

しかしこういう人は、たとえば空腹時にラーメンを食べたとき、本当に満足していないのだろうか。入試に合格したり、宝くじで一等が当たったときの喜びは、表面的な喜びにすぎないのだろうか。それらの場合、「本当は心の底では不満をもっている」とは思えないのである。

何を欲しているかにしてもそうだ。入試を受けるときは、心の底から合格したいと思っているのではなかろうか。多くの場合、われわれははっきり欲しているものをもっているのが普通である。もし何を欲しているのかがたしかでないなら、二、三日絶食するか、徹夜するかしてみると、何を欲しているかがはっきりするだろう。

それでも満足できない人は、おそらく、満足感を生じさせる薬を飲むか、脳を刺激する、といった手段で十分深い満足感は得られるであろう。

したがって「本当の満足」を求めて「本当の自分は何か」と問う人は、どこかで勘違いしているとわたしは思う。

このように、もし自分探しが、自分の本来の価値を求めていたり、本当の満足感を求めているのだとしたら、それは意味のある探求だとはいえないのである。では「本当の自分とは何か」を価値や満足感と切り離して純粋に問うたらどうだろうか。この問題の立て方に対しては、二つの方向から異論が出るだろう。

2（a）

【実存哲学的反論】

「自分探し」の考え方は根本的な誤解に基づいている。次の二つの文を比較してみよう。

かれは正直である　（A）

かれは身長一七〇センチである　（B）

この二つはよく似ているように思われるかもしれない。しかしここには根本的な相違がある。同じ「……である」という表現を使っても、まったく性質が違うのだ。身長がどれくらい、ということは既定の事実であって、本人が選択できることではない。それに対して、正直であるかどうかは、本人の選択によってはじめて決まることである（このようなあり方を実存という）。本人がさまざまな機会に嘘をつかないことを選んできた結果が、「正直だ」という表現で表わされているのである。正直かどうかは本人の選択の結果だから、本人に責任がある。それに対して身長がいくらであるのかは、本人の責任ではない。

この違いは、次のような言い訳を考えてみればいっそうはっきりするだろう。

忙しかったために、お返事が遅れました　（C）

背が低いために、棚の上の物が取れませんでした　（D）

（D）の場合、棚の上の物が取れなかったのは本人が選んだ結果ではないが、（C）は、実質的には、「他のことを優先させて、お前のことは後回しにしたんだよ」といっており、本人が選択した結果を述べているのだ。このように同じ言い訳でも性質が違うのである（こう考えると、（C）がなぜ言い訳として通用しているのか不可解である。「お前なんか後回しなんだよ」と言い訳するくらいなら、むしろ何もいわない方が失礼にならないような気がする）。

以上の例からもある程度知られるように、「自分」というものも、選択の結果はじめて決まるものである。自分がどんなものであるか、自分が何であるかは、あらかじめ既定の事実としてどこかに存在しているわけではない。むしろ「自分」は、本人によって選択され、本人の手で作られていくものなのだ。

「自分探し」は「宝探し」とは根本的に異なっている。宝はあらかじめどこかに存在しており、それを発見しようとすることが宝探しである。それに対し、「自分」は宝のようにどこかにあらかじめ存在しているわけではなく、そのときどきの選択の積み重ねによってはじめて作られていくものなのだ。これを宝と同じようなものと考える点に根本的な誤りがある。この誤りの上に「自分探し」というものが成立しているのだ。問題の前提が成り立たないのだから、「本当の自分とは何か」という問題は無効である。

このように考える実存哲学の立場（主としてサルトルの立場）には疑問もある。たしかに身長の場合は、本人が選んだとはいえないかもしれないが、体重の場合なら、どれくらいの体重であるかは、ある程度は本人の選択の結果であって、責任も問われるであろう。逆に、「正直」の場合は、本人の選択の結果だといえるかもしれないが、「頑固」とか「神経質」などは本人の選択の結果といえるだろうか。このように、どれが本人の選択の結果なのかは明確ではないのである。

さらに、「性格」とよばれているものは、実存哲学的には、選択の結果とされるであろうが、日常的な経験からいえば、性格はほとんど本人の意志では変えられないもの、身長と同じくらい自分では変えられないものである。このことは、結婚したら自分の希望通りに相手が性格を変えてくれるだろうという甘い考えで結婚した人が、いやというほど思い知らされていることである。タバコをやめるという些細な習慣でさえ簡単には変えられないのだ。

2（b）

このような疑問はあるものの、少なくとも「自分探し」というものが簡単には成り立たないのではないか、という疑念はもっていただけたと思う。

3（a）

【分析哲学的反論】

分析哲学では、哲学の問題は基本的に言語の問題だと考え、言語上の混乱から問題が生じるという立場に立っている。最も極端なのは、哲学の問題はすべてナンセンスだと考えるウィトゲンシュタインの立場である。簡単にいえば哲学の問題はすべて、「なぜ人間は八本足か」という問題と同じようにナンセンスだというのである。

普通、ナンセンスはまったく馬鹿馬鹿しいと片付けられるか、笑いの対象になるか、どちらかである。たとえば、拙著『われ大いに笑う、ゆえにわれ笑う』の中には、ナンセンスな冗談を多数入れてある。次がその例である。

「ピアノを弾く場合、わたしには得意なフレーズと不得意なフレーズがある。一番得意なのは休符の部分である」

「英語の聞き取り能力は外国にいて三ヵ月たったころ、飛躍的に増進するという。

しかしわたしの場合、三ヵ月たっても変化はない。もしかしたら、聞き取り能力は飛躍的に増進しているのだが、気がついていないだけかもしれない」
「十七条憲法の第十九条に書いてある」
「激痛がしているのに気がついていない」

これらは可笑しい（とわたしは思う）が、なぜ可笑しいのだろうか。それは、ことばを使うルールに違反しているからである。たとえば、痛みに気づかないのなら「痛い」とはいえない。それを「激痛がしている」と主張するのはことばづかいのルールに反している。その他の例については説明するまでもないだろう。

ナンセンスの冗談と哲学の間にはつながりがある。それは両者ともに、ことばの用法に違反するというナンセンスの性質に関わっているからである。

通常、ナンセンスは、このように笑いの対象になるか、くだらないとして無視されるかであるが、不思議なことに、ときとして深遠な印象を与えることがある。この、深遠にみえる場合が、哲学的問題が発生するときである。たとえば、

わたしはどこから来たのか　（E）

という問いは、深遠そうな感じを与えるのではなかろうか。もちろん、この問いは「お前は自分の家から来ただろうが」といった答えを求めているのではない（もしこのような答えを求めているのだったら、（E）は深遠ではなくて無気味である）。わたしが生まれる前はどこにいたのか、ということを問題にしているのだ。この問いは次の問いと同じ性質をもっている。

ローソクの火が消えると、どこへ行くのか　（F）

この問いがナンセンスであることは少し考えれば明らかである。「どこへ行くのか」とか「どこから来たか」という問いは、存在しているものについてのみ問うことができる。ローソクの火は、消えてしまえば、そのときに消滅したのであり、もはや存在しない火の所在を問うことはできないのである。（E）についても同様に、わたしが存在する以前は、わたしはまだ存在していなかったのだから、その所在を問うことは不可能である。

だからこれらの問題に答えることは不可能である。かりに無理に答えようとして、

「ローソクは幽界に行く」といった答え方をしたとしよう。「幽界」の代わりに「非存在界」、「非在領域」など、もっともらしく、深遠そうな名前を作ってもよい。しかしどう工夫しようが、この答えは、たんに「消滅する」を別の表現で表わしているにすぎない。いくら新しい表現を作っても、それは見当違いのことをしているだけである。ナンセンスな問題にはまともに答えることはできないのだ。

このように、深遠にみえる問題について、深遠にみえる答えが提出されることがあるが、よく考えてみると、深遠とはほど遠いのだ。しかし深遠にみえることは事実であり、ナンセンスがどうして深遠にみえることがあるのか、不思議である。とにかく哲学の問題は、（E）や（F）と同じようなナンセンスだ、というのがウィトゲンシュタインの主張である。

3（b）

「本当の自分は何か」という問題も、深遠に思われるのはたしかである。しかしこの問題はナンセンスをまぬかれているのだろうか。

「本当の自分」といわれる場合、「本当の」ということばも「自分」ということばも立派な意味をもつから、それを組み合わせたものも意味をもつに違いない、と考えられるかもしれないが、それは早計である。たとえば「五十歳の」ということばも「三角形」ということばも意味をもつが、それを組み合わせた「五十歳の三角形」という表現は意味をもつわけではない。だから、意味をもつかどうかは簡単には決まらない。とくに「本当の」ということばはそうである。

たとえば次のような場合はどうだろうか。

テストでは合格点を取れないが、本当は理解している。
試合に負けてばかりいるが、本当は強い。
いつも臆病な行動ばかりしているが、本当は勇敢である。
一回もしゃべったことはないが、本当はチベット語がしゃべれる。
嘘ばかりついているが、本当は正直である。
病気ばかりしているが、本当は(根は)丈夫である。

普通の状況では、これらはナンセンスな文である。たとえば、理解しているかどうかは、テストで合格点を取るかどうかによって決められるのだから、テストで合格点が取れないのに理解している、というのは日常の語法に違反している。ちょうど「その四角は丸い」というのと同様にナンセンスである。その他の場合については説明は不要だろう。

「本当の」という表現は、以上の例にみられるように、ナンセンスを作りやすい危険な表現である。最もまともに使われるケースは、オースティンが考えたように、「本当（本物）の歯」とか「本当（本物）の髪」といった使い方であろう。これらはそれぞれ、「義歯でない」、「カツラでない」といった意味をもっている。この場合、「本当の」という表現は、その都度の文脈でニセ物とされているものがまず決まっていて、それを打ち消す機能を果たしているのだ。

しかしその機能を越えて、「本当の（真の）友情」、「本当の（真の）勇気」、「本当の（真の）幸福」となると、かなり怪しくなってくる。その意味内容は往々にして勝手に決められる（悪いことに、それを決めるのはたいてい哲学者である）。日常的に「友情」と呼ばれるさまざまな場合の中から、その人が何らかの理由で最も高く評価する特定の場合を選んでそれを「本当の友情」と名づけているのだ。自分の都合で勝手に「わたしの友情こそ本当の友情だ」などといえるのだから、便利であるには違いないが、そのような決め方には何の根拠もないのが普通である。

「本当の自分」についてはどうだろうか。これは日常的に使われる場合がある。たとえば、「明るくふるまっているが、本当のわたしは淋しがり屋だ」などといわれることがある。他人の目に映っている自分と対比される自分の姿が、ここでは「本当のわたし」と呼ばれている。

しかし自分探しをする人は、他人に隠している自分の性格を知りたいわけではないだろう。性格を知りたいだけなら、わざわざ哲学の問題を立てる必要はないのだ。しかしそれなら、「本当の自分」はどんな意味をもっているのだろうか。

「本当の」という表現は、前述のように、その時々の文脈の中で「たんなる見せかけ」とか「ニセ物」とされているものを打ち消すために使われる。「本当の自分とは何か」という問題は、これらの日常的文脈を離れた「本当の自分」というものを求めているのではなかろうか。もし何らかの日常的な文脈で「本当の自分」を求めているなら、日常の範囲で答えはみつかるはずである。では、あらゆる日常的文脈を離れた「本当の自分」は何を意味するのだろうか。

その意味が何であるかは、だれにも分かっていない。これは「上」という表現の場合と似ている。通常の状況では、「どっちが上か」という問題には簡単に答えられる。重力が働くのと反対の方向が上だとすればよい。しかし、「地球全体のどっちが上か」とか「宇宙全体の中で上はどっちか」という問題になると、答えることは不可能である。そのような、通常の状況を離れた「上」という表現の意味は、だれも知らないのだ。これは、そのような「上」が深遠すぎるからではなく、たんにその意味をわれわれがまだ決めていないからにすぎない。

これと同じく、通常の状況を離れた「本当の自分」が何を意味するかは、だれも知らない。われわれはその表現にまだ意味を与えていないのだ。しかし、「本当の自分」に意味が与えられていないのなら、「本当の自分」を探しようがない。ちょうど、「ハキバルカを探せ」といわれても、「ハキバルカ」ということばの意味を知らなければ探しようがないのと同じである。

3（c）

しかしおそらく、「本当の自分」を探そうとする人は、そのような問題を立てているというよりはむしろ、自分の内面をみつめていて不思議さに打たれているのではなかろうか。自分とか、心とか、意識とかに注目したとき、不思議の念にとらえられることがある。その不思議さを、「本当の自分とは何か」という問いによって表明しているように思われるのだ。

しかしそのような不思議さには問題がある。第一に、「自分」に対して感じる不思議さは、机とか壁に対して感じる不思議さより深いわけでも高尚なわけでもない。机や壁にかぎらず、どんなものでも、注意を向けていると不思議に思われることがある。極端な場合には、自分も、心も、「ものが見えている」ということも、空が青いことも、すべて含めてこの世界の中の一切が不思議に思われることがある（このような不思議さに打たれる経験をしたことのある人もいるだろう）。原理的にはどんな対象についても不思議の念にとらえられることがありうる。「自分」や心はたしかに不思議だが、それだけが特別なのではなく、他のものと同程度に不思議であるにすぎない。

第二に、このような不思議さは、もはや普通の意味で「不思議だ」とは形容できないものである。普通の場合、「不思議だ」という表現が使われるときは、「どうなったら不思議でなくなるか」ということが決まっている。たとえば、何も入っていない帽子の中からハトが出てくるのが不思議だという場合、何も入っていない帽子から何も出てこなかったり、ハトが入っている帽子からハトが出てくれば、「不思議ではない」といわれるであろう。

それに対して、「本当の自分とは何か」によって表明される不思議さの場合、どうなれば不思議でなくなるのかが明らかでない。「自分」に不思議さを感じる人は、おそらく、自分がどうなっていようが、自分の中に何を見出そうが、不思議だと感じるであろう。普通の場合と違って、「不思議でない」ということがありえないのだ。これを「不思議だ」と呼ぶのは、一種のナンセンスである。というのも、「不思議でない」という表現を使うチャンスがまったくないのなら、「不思議だ」という表現も意味を失うからである。ちょうど、もし「ニセ札」がありえないなら、「真札」という表現も意味を失ってしまうのと同じである。

もちろんこういったからといって、不思議さの感覚がなくなるわけではない。ここでいっているのは、「自分」が不思議だとしても、それは他のものと同程度に不思議であるにすぎず、また、「不思議である」とも表現できないようなものだ、ということである。しかし、この不思議さの感覚、神秘の感情につけこんで、「本当の自分は……だ」とか「本当の世界は……だ」と主張する人があれば、その人はどこかで誤りを犯している疑いがあるとわたしは思う。

＊＊＊

「わたしはだれ？」という問いは、ナンセンスである疑いが濃厚である。もしそれが笑えるナンセンスなら問題はない。第一に笑えるし、第二に人の人生を変えるほどの影響力をもたないから。問題なのは、「自分はどこから来たか」のように、深刻にみえるナンセンスの場合である。この場合は、笑えない上に、人の一生を変えるほどの影響力をもつことがある。だれでも「何のために生きているのか」とか「いかに生きるべきか」とか「自分とは何か」といった疑問を抱く（と思う）が、一度このような疑問を抱いたら、それを解決しないまま一生を終えるのは不幸だと感じるのではなかろうか。ナンセンスのもっている深刻なみせかけと闘い、できればそれを笑えるような形にしてみせること、これが哲学の役割ではないかとわたしは思う。

男らしさはどこへ行った

最近の若い男を見ていると情けなくて仕方がない。とくに女に対する態度は何だ。女の機嫌をとろうとしている様子がどんなにみっともないか、本人には分からないのだろうか。先日テレビを見ていたら、街頭で若いカップルにインタビューしていた。「どんなときに彼女を可愛いと思うか」と質問された男が、「たまに素直にいうことを聞いてくれたとき」と答えた。臆面もなくこういう答えをするのがすでに情けないが、問題はその先だった。横にいた彼女に「可愛いのはいつもでしょ」といわれて、男は「はい」と答えたのである。こういうのを見ているといらいらする。男ならビシッとできないのか。なぜ最初から「いつも可愛いです」といえない。

男なら毅然としろ。かつて日本男児が世界に誇っていた武士道の精神はどこへいった。こういう若い男にわたしの大学の学部長の爪の垢でも煎じて飲ませたいと思う。うちの学部長はすべての男が望むものを備えている。イジイジしたところが微塵もなく、些事にこだわらず、決断力に富み、勇敢である。この学部長は女性であるが、わたしの学部では最も男らしい人物であり、「男のカガミ」として尊敬されている。

わたしの大学では、女性教官の割合が日本の大学では最も高く、およそ四割である。わたしの実感では、女性教官が八割はいる感じがする（学生は全員女性だが、わたしの実感では女性は四割しかいないような気がする）。わたしの学科の同僚のH教授も女性教官である（と思う）。

先日、廊下を歩いていたらゴキブリがH教授の部屋に入って行くのが見えた。しばらくして、わたしはただ手をこまねいて見ていた自分を反省した。かわいそうに何も知らないゴキブリは、生きて外に出られないだろう。

人間でさえ彼女の部屋から出てくるのは困難である。彼女の部屋のドアが異常に重いのだ。これはわざと重くしてあるためだとわたしはにらんでいる。重くしていないと彼女の力ではドアが壊れてしまうのだ。現に彼女はこれまでにドアノブを三つ引き抜いたという。本人がいうのだから間違いない。話半分としても、六個は壊していることになる。だからその部屋に入ろうとする者は、あらかじめ身体を鍛えておかなくてはならない。とくに部屋を出るときには、かなりの力が必要である。部屋の中に何とか入れたものの、結局出て来られなかった者が今までに二人くらいはいるにちがいない（二人ですんでいれば幸運である）。

見た目には、異常な力の持ち主とはとても思えない。ごく普通の男性レスラー並みにしか見えないのだ。しかしわたしがこの目で目撃した出来事は忘れられない。学会の懇親会でのこと、彼女がビールの栓を抜こうとして、瓶の首ごと抜いてしまったのだ。瓶の首のところが胴体から取れてしまったのである。彼女は少しも騒がず、「こんなことは初めてだ」といっていたが、ふだんは力を入れないように気をつけているのだろう。それが何かに気をとられて、つい力を抜くのを忘れたのではないかと思う。

とにかく強いとしかいいようがないが、どこまで強いのか、わたしにはまだよくわかっていない。

ある日わたしは終電で目撃したことを彼女に話したことがある。終電の車内で突然、若い女性が倒れたのだ。そのとき、まわりにいた何人もの男がわれさきに助けようとしたのである。これを見て、日本人も捨てたものではないと思った。もちろん、わたしが倒れたのだったらだれも助けようとはしなかっただろう。たとえかけよる者がいたとしても、それは財布を抜き取るためだろう。しかし少なくとも、女には親切なのだ。

この話を聞いたH教授は、「それは違う」といって、自分の経験を語った。それによると、彼女が地下鉄の駅のホームで気を失って倒れたとき、ラッシュアワーで人がいっぱいいたにもかかわらず、だれも助けてくれなかったらしい。意識を取り戻したときには鞄と靴がばらばらな方向に数メートル離れてころがっていたというのである。

おそらく、中にはわざと彼女を踏んで行った者、蹴飛ばした者もいたのではないかと思う。さいわい、彼女はそれくらいのことでダメージを受けるような身体をしていないからよかったが、普通なら重傷を負っていただろう。

最大の疑問は、彼女ほど頑丈な人間がなぜ気を失ったのかという疑問だが、たぶん、電車にはねられたのだろう。

このような肉体的な強靭さの持ち主なら、男の中にも、時間をかけて探せば見つかるだろう。しかし彼女の強さはそれだけではない。彼女が使っているとポケベル、パソコンなどの精密機械がすぐ壊れるという。普通、このような電磁波を発する機器は人体に悪影響を及ぼすといわれるが、彼女の場合、機械の方が被害を受けているのだ。今もパソコンのフロッピードライブの調子が悪いといっているが、たぶん、酔っ払ってフロッピーの代わりにビール瓶でも押し込もうとしたのだろう。普通なら入らないところだが、彼女の場合は、入ってしまうから壊れるのだ。

精密機械をいくつも壊したということばを聞いたわたしはいった。

「近くにいるわたしが故障しないのは奇跡だ」

　すると彼女は即座に、

「もう故障しているじゃないの」

と指摘した。それが身体が弱いという意味なのか、知性が変調をきたしているという意味なのか、たしかめる勇気はなかった。

　しかし強い人間ほどやさしいものである。「気はやさしくて力持ち」という金太郎のような人柄なのだ。先日、学科の教官懇親会でフランス料理を食べに行った。ウエイターが「フォアグラのテリーヌです」といって出した料理を見て、わたしはフランス料理に詳しいH教授にたずねた。

「このフォアグラのテリーヌという料理はどういう料理なんですか」

　彼女は、料理を指差して、

「こんな料理よ」

と懇切丁寧に教えてくれた。

　彼女のやさしさはそれにとどまらない。虫の居所が悪いとか、挨拶の仕方が悪いといって殴ったりしない。わたしは、「今日も殴られなくてすんだ」と彼女のやさしさに毎日感謝している。

その彼女があるとき、首に包帯を巻いて出勤してきた。わたしは失礼にならないよう細心の注意を払いながらたずねた。

「その首どうしたんですか。何かバチでもあたったんですか」

「脂肪のかたまりができて昨日手術して取ったんです」

「それは大変でしたね。痛かったでしょう。人並みに麻酔はしたんでしょうね」

「当たり前でしょう。でも痛かった」

「人並みの麻酔じゃ足りなかったんですか。どうして牛や馬用の麻酔にしてもらわなかったんですか。Hさんが痛さで涙をうかべているところを想像したいものだけど、そんな殊勝なところがどうしても想像できないですよね。脂肪を取ったついでに悪いところを全部取ってもらえばよかったのに」

「ということは、首から上を全部取らなくてはいけない、といいたいんですか」

「えっ、自分のことをそんなふうに考えているんですか。首から下は問題がないと」

「じゃあ、このままゴミ捨て場に行って座ってろといいたいんですか」

「焼却炉に直接入ってもいいんですよ。焼却炉が壊れなければの話だけど。それにしても、今日は声にいつもの元気がないですね。ドスがきいていないというか。いつもそれくらい静かに話してくれるといいんだけど」

「笑ったりしてはいけないと医者にいわれているんです」

「ということは、怒鳴ってもいけないということでしょう。それなら、今どんなことをいっても安全だということですよね」

「でも手や足を使うのは禁じられていませんからね」

危ないところだった。いいたいことがいえる千載一遇のチャンスだと思ったのが軽率だった。今振り返ると、殴られなかったのが奇跡のように思える。

このように力といい、やさしさといい、今では失われた伝統的な男らしさが、わたしの大学の女性教官の中にしっかりと息づいているのである。

ユーモアのセンスとは何か

多くの人はユーモアのセンスを身につけたいと思っている。しかしユーモアのセンスとは何だろうか。

普通、ユーモアのセンスは、笑ったり笑わせたりする能力であると考えられている。しかし、これでは不十分である。

たとえば、弱者や動物をいじめて笑ったり、変わった人を笑い者にしたり、独裁者が人の首をはねて笑ったりしても、ユーモアのセンスがあるとはいえないだろう。

また、とても笑えないダジャレを連発して自分一人笑うような人も、ユーモアのセンスがあるとはいいにくい。こういう独りよがりな態度は、ユーモアのセンスに反すると思われているからだ。

ではどのような条件が整えばユーモアのセンスがあるといえるのか。だれもまだこの問題の解答を示していないが、H・L・メンケンがいったように「どんな問題にも答えがある。簡潔で明快で誤った答えが」。これに勇気を得て、わたしの答えを述べたい。少なくとも三つの条件が必要である。

（1）洞察力

たとえば次のようなことばを考えついたり、面白がったりする人は、ユーモアのセンスがあるといえるだろう。

「ペットを愛してはならない。早く死にすぎるから。人を愛してはならない。長く生きすぎるから」

「怠けるのが楽しいのは、仕事がたくさんあるときだけだ」

「ホテルの壁は、音をもらさずにいるには薄すぎる。隣の音を聞くには厚すぎる」

「年をとるにつれて、お若いですねといわれる回数が増える」

「よく売れる本は、料理の本とダイエットの本だ。前者は料理の作り方を教え、後者はそれを食べない方法を教える」

また、拙著の中で書いたことだが、

「人は自分がやがては死ぬ運命だということを不当だと思うが、自分のような人間が生まれてきたことを不当だとは思わない。何の理由もなくお金を取られたら不当だといって怒るが、何の理由もなくお金が手に入ったら不当だとは思わない。何が不当であるかは、本人の都合によって決まる傾向がある」

これらはほとんど事実を述べているだけであるが、ふだん意識されないある種の真実を伝えている。これらの真実は、特別な技術がないと発見できないようなものではなく、普通の人間がもっている観察眼と洞察力によって発見できるような真実である。

しかし、たんに真実を指摘すればいいというわけでもない。表現の仕方も重要である。

たとえば、

「イタリア料理の問題点は、四、五日後にはまた腹が減るということだ」

といえば可笑しいが、たんに、

「イタリア料理は量が多い」

というだけでは可笑しくない。ちょうど魚に自転車が必要であるように」

「女には男が必要だ。ちょうど魚に自転車が必要であるように」

といえば可笑しいが、

「女は男を必要としない」

といっても可笑しくはない。

表現のテクニックについては後述するが、これらのユーモアに必要なのは、ふだん意識されない真実を見抜く能力（そしてその真実を知って笑う能力）である。

（2）複眼的見方

どんなものにも多くの側面がある。人間も同じである。どんな人も善と悪、本音と建前、高尚と低俗などの二面性をもっている。物事や人間の特定の側面だけにこだわるのではなく、それに反する側面を意識することがユーモアの重要な要素である。

たとえば、偉大な人物がバナナの皮を踏んですべったところを見て笑うのは、その人物が偉大さだけでなく、愚かさや不器用さももっていることに気づくからである。また、次のことばも可笑しい。

「こどもに向かって手を上げてはならない。腹が無防備になる」

これは、こどもに対する態度には、やさしさと闘いの二面があることに気づかせてくれる。「手を上げてはならない」という部分を読んで、うなずき、「無防備になる」を読むと、別の面に気づいて、これにもうなずくのだ。

「幸福とは、大家族で、愛しあい、気遣いあい、緊密に結びついた家族が、それぞれ別々の市に住んでいることだ」

これは、家族愛を説くように見せかけて、家族のもつ別の厳しい側面を指摘している。

「神を信じよ。しかしラクダはつないでおけ」

これも、神に対して、信じる心と信用しない気持ちの両面があることを明らかにしている。

われわれはしばしば物事の一側面にしか気づかない。とくに自分自身についてはそうである。他人に説教したり、怒ったりするときは、一点のやましいところもない正義の代弁者になりきっているが、どんな人間にも、正義に反するような部分がある。説教する者自身にも説教されるべき側面があり、他人を責める者自身にも責められるべき点がある。ユーモアはこれを効果的に暴露する。たとえば、

「テレビのセックス・チャンネルは、視野を広げないし、よい人間にもしないし、鮮明に映りもしない」

は、非難している者自身がいかがわしい一面をもっている滑稽さ、道徳的でありながら好色であるという二面性を表現している。

この種のユーモアには、ものごとを複眼的に見ることが必要だ。バランス感覚（センス・オブ・プロポーション）が必要だといい換えてもよい。

（3）自由な精神

われわれは、病気、老化、死から逃れられず、自然や運命に翻弄されている。人間はいかにも無力である。無力な人間がもっている唯一の武器、これがわたしの考

えではユーモアの最も重要な側面である。

人間は自然や運命に一方的に支配されているのではなく、自然や運命を笑い飛ばすことができる。たとえば、ボブ・ホープは老化を茶化した。

「ローソクの方がケーキより高くつくようになったら年をとった証拠だ」

ウディ・アレンは死の恐怖を茶化した。

「わたしは死なんか怖くない。たんに、死が起こったとき、そこにいたくないだけだ」

このやり方は、老化や死に対して、「こっちはさほど重視していないんだからな」という態度をとる方法である。ユーモアは老化や死を直接破壊するのではなく、自分の中の、死や老化を重大視しすぎる傾向を破壊するといえるだろう。

人間を圧迫しているのは、自然現象だけではない。われわれはきわめて多くの「ねばならぬ」、あるいは規則の中で生きている。

たとえば、「権威のある者には尊敬を払わなくてはならない」、「多少のことには我慢しなくてはならない」、「自分の言動には一貫性がなくてはならない」、「他人に分かるように話さなくてはならない」などといった、社会生活を送るのに必要な規則もあれば、「利口そうに見せなくてはならない」、「自分は特別な存在でなくてはならない」、「自分を守らなくてはならない」といった自己保存本能に基づく規則もある。

人間はこれらの規則を守ることに無意識的努力を払っているが、努力のあまり、規則を重大視しすぎる傾向がある。ユーモアはこの傾向から人間を解放する。

たとえば、関西芸人にときどき見られる「アホ」を演じる芸人は、「利口そうに見えるようにふるまわなくてはならない」という規則を破ってみせている。われわれはこれを見て、われわれはこの規則に従ってはいるが、いつでも破ることができるということに気づく。

これは、「ボケ」と呼ばれる技法の一種である。一般に「ボケ」とは、わざと愚かな言動をして、「愚かに見えないようにしなくてはならない」という規則を破ってみせる技法である。この技法は、他人を傷つける恐れがないため、初対面の人に対しても比較的安全に使うことができる。

先日、ある人と会ったとき、名刺を差し出そうとして、自分の名刺を切らしていることに気がついた。札入れの中は他人の名刺ばかりだ。わたしはそのときたずねた。

「ひとの名刺でもいいですか」

その他、拙著から引用してみよう。

「クリスマス・プディングはあまり好きではないため、まだ一度も食べたことがありません」

「タバコをやめると別世界が開けてくる。食べ物がおいしくなり、空気がおいしくなり、なによりもタバコがうまくなる」

これらのボケの例からも分かるように、愚かな発言をするための確かな方法は、論理規則や言語規則のような基本的な規則を破ることである。いいかえれば、自分の思った通りのことをストレートに表現することである。

ユーモアには意外性が必要だということも、規則破りに関係がある。われわれは話を聞くとき、「話というものは論理的でなくてはならない」、「こういう言い回しが来たら、次はこれこれの言い回しが来る」といった規則を想定している。その裏をかくとき笑いが生じる。次も拙著からの引用である。

「わたしの本は、発売と同時に爆発的に売れ残り、今なおその勢いは衰えていない」

この例では、暗に想定されている規則を破ることによって意外性を実現している。

このように、規則を破ってみせることはユーモアの多くの側面に関係している。

ユーモアによって、人間は、規則を破ることもできる自由な存在であることを確認する。自然や運命についても、ユーモアによってその重要性をはぎとり、人間はそれらに一方的に支配される奴隷ではなく、自由な存在者であり、「いつでも重視することをやめることができるんだ」ということを見せつけるのだと思う。ユーモアは、人間の自由の証である。いつも自由であろうとする精神がユーモアだといってもよい。

以上に挙げた三条件は、人間としての成熟度を測る尺度でもある。ユーモアのセンスがあるといえるためには、少なくともこの三条件が必要である。しかし、この三条件を備えた人がすべてユーモアを解するとはかぎらない。しかしたとえユーモアを解さなくても、洞察力があり、一面的にならず、自由な精神をもった人であるなら、笑ったり笑わせたりする能力はどっちでもよいのではなかろうか。笑わせることに過度のこだわりをもつ人よりもはるかに価値がある。

【当初「表現のテクニックについては後述する」と書いたが、結局書かずじまいだった。これは「後述すると書いてあれば、後述される」という規則を破っている。規則を意識的に破っても笑いは得られず、インチキよばわりされることもある】

解説　人間は笑うが葦ではない

森　博嗣

文藝春秋から電話がかかってきた。また原稿依頼であろう、と思い「今仕事中なのでメールでお願いします」と答えて電話を切った。こういった電話は毎日のようにあって（平均すると一週間に一度程度である、という意味だが）、こちらが電話が嫌いだということを知らせるためにキャンペーン中だ。

森（僕のことです）は人が決めたスケジュールはまったく気にならない方だが、自分が決めたスケジュールは律儀に守る人間なので（どういうわけか、結婚して以来そうなった。おそらく危機感のためだろう）、締切が二カ月以内の仕事は、すべて断ることにしている。つまり、二カ月さきまでは自分のスケジュールが既にあるからだ。届いたメールを読んでみると、締切が一カ月後だ。これでは無理だな、と思ったけれど、なんと、仕事の内容は、土屋賢二先生の文庫本の解説だという。

森は本をほとんど読まないし、読むと人並み優れて遅い。だいたい小説の文庫本だと一ページに二分はかかる。五百ページだと千分だから、十六時間四十分必要だ。たとえば、この『人間は笑う葦である』のような文字の少ない改行の多い本でも五時間くらいは優にかかる。五時間もあれば、百枚くらいの短編小説が一作書けて（書くのは比較的速い）、安いところでも原稿料として五十万円はもらえるだろう。それが本になればさらに印税が入る。つまり、割が合わない仕事である、ということを書きたい気持ちだけわかってもらえれば、ここは読まなくて良い（もう読んだ人は忘れてほしい）。

ところが、森は偶然にもこの土屋賢二著『人間は笑う葦である』を既読だった。これだけで奇跡といっても過言ではない（という場合、例外なく過言だが）。それどころか、『森博嗣のミステリィ工作室』という本の中で、国内外の名著百作を紹介した（少しニュアンスが違うけれど）うちの一冊が、土屋先生の『われ笑う、ゆえにわれあり』だったのだ。その一部を引用しよう（インタビュー形式である）。

最初に読んだときにはびっくりしました。僕も自分で結構ユーモアのある文章を書けると思っていたので、いずれはエッセィでも書いてバイトしようかな、とか考えたこともあったのですが、いたんですね、こういう人が。（中略）

この種のユーモアは、外国には昔からあって、日本にはなかったものです。僕は日本では通じないセンスだと思って諦めていました。でも、もしこの本が売れているのであれば、日本人もそろそろ成熟してきた証拠でしょう。

断っておくが、森が人の作品をこれほどまで褒《ほ》めちぎっている例は極めて珍しい（関西的表現では「鬼のように珍しい」という）。日本で土屋賢二くらい面白い文章を書ける作家といえば『徒然草』の吉田兼好くらいしか森は知らない（もう亡くなっただろうか）。それくらい本を読まないのである。

また、あるとき某出版社の担当氏と食事をしているとき、こんな会話があった。


「先生、何でもいいですから、一作お願いできませんか？」

「何でもいいんですか？」

「いえ、できれば、ミステリィが良いのですが……」

「ミステリィなら何でもいいんですね？」

「いえ、できれば、本格っぽくて、探偵が格好良くて、ヒロインが危機一髪になってほしいんですが……」

「そうでしょう？　じゃあ、最初から何でもいいなんて言わないで下さい。今のこの口調で思い出したんですが、土屋賢二のようなエッセイなら、いくらでも書けますよ」

「いくらでも、ですか？」

「いえ、実は限度が存在します。言葉の綾《あや》ですよ。エッセイじゃあ駄目ですか？」

「土屋賢二といえば、ユーモア・エッセイですよね。あれかあぁ……」

「何です？　あれかあぁって」

「いえいえ」

「僕、あの人の文章が大好きなんです。ああいうのが売れるってことは、日本人もまだまだ捨てたもんじゃないなって思いますよ」

「いえ、売れていませんよ」

「あ、そうですか」

ちょうど、ミステリィで百万部くらい一発当てて取材でオリエント急行にでも乗りにいこう、という打合せをしていたところだったので、おそらく、百万部までは売れていない、という意味で担当氏は言ったものと思うが、しかしやはり、まだまだ日本人は捨てたもんだ、ということかもしれない。まあ、わからない奴はいずれわかれば良いし、わからないままでも、土屋先生が書かれているように、本さえ買えば救われるだろう。

騙《だま》されたと思って読んでみると良い。騙された、と思えたら思いどおりだ。大学の教官はよく「騙されたと思ってやってみろ」などと学生に指導するが、これは、説明が面倒な場合を除けば、成熟した手法がブラックボックス化されていることを示唆《しさ》している。一応、何か悩みがあるとき、土屋先生の本を勢いで買ってみるのも一つの解決策だろう。楽しいから警鐘だけ鳴らしておこう。カンカン。

話を戻す。締切が一カ月後だから無理だ、と断りのメールをすぐに文藝春秋へ書いた。すると、「締切は半月延ばす」との返事が来た。出版社らしい柔軟な態度である。さらに、「土屋先生が『森先生の本の解説を書いたことがある』とおっしゃっていたので」と理由が添えられていた。

そうなのだ。実は、一カ月ほどまえ、確かに自著の文庫の解説を土屋先生にお願いしていた。そっちの締切はずっとさきで、依頼から五カ月ほど時間があったはずだ（人にものを頼むときのマナーとして最低限これくらいの時間を設定したいものだと常々思う）。いつ頃原稿が頂けるかと楽しみにしていたのだ（忘れていたが）。すると、もう書かれたということか……。それは、今どこで止まっているのであろう、などと心配になった。現在もまだ森のところへは届いていない。この本より一カ月ほどあとに出る森博嗣の『今はもうない』（講談社文庫）でご覧いただけるはずだが……。しかし、このようにお互いの文庫に解説を書き合うのならば、それぞれ自分で書いた方がずっと的確な解説になるのでは(名前だけ交換する手もある)、と一瞬思ったが、雑念は振り払った。しかたがないので、騙されたと思って書くことにした。

以上のような経緯で、快くお引き受けすることにした次第である。土屋賢二先生には面識はまったくないものの、同じお茶大に知った先生がいて、噂はかねがね聞き及んでいる。しかし、その情報はここでは一切秘密にしてくれ、と二百メガ・パスカルくらい圧力をかけられた。パスカルは我々理系の人間にとっては単なる圧力(単位面積当たりの力)の単位に過ぎない、ということを何げなく書きたかったのだが、不覚にも多少回りくどい表現になってしまったことを反省している。

ところで、「葦《あし》」とは何だ? おそらく植物であろうが、実物は見たことがない。「パピルス」なんていうのも、どんな草なのか知らない。クリスマス・ケーキにのっているとか、オリンピックのときに頭に巻いているとか、何か映像的に訴えてほしいものだ。森の場合、花ならば五種類くらいは名前を憶えている。バラ、チューリップ、カトレア、ハイビスカス、ポインセチアだ。生物ならばこれくらい得意である。しまった……、生物は文系だと思って今ここまで書いたが、そうか、文系というのは、そのさらに先にある地学とか、さらにもっと向こうの果てしない遠くの国語とか地理とか歴史とか家庭科とか音楽のことではないか。うんうん、そんなものがあったな、とおぼろげに思い出すくらい疎《うと》い。

しかし、土屋先生の本は、理系の者が読んでも違和感はまったく感じられない。どこらへんが哲学っぽいのかもわからないが、外国では工学博士でもドクタ・オブ・フィロソフィだから、もしかして哲学は理系の仲間かな、と思ったりもする。何故か森の近くで日常観察されることや毎日思いつくことに非常に近く、つまり、教官が共感、というやつだ（少し後悔している）。

独立心旺盛な助手さんが登場するが、あれくらいは全然普通だ。否、口をきいてもらえるだけ明朗で積極的な助手さんで羨《うらや》ましい。それに職務を果しているように見受けられる点が驚異的である。森などは、助手氏から「私のことを書いたら訴えますよ」と脅迫されていて、この三年ほど開いた口が塞《ふさ》がらない。おかげでマスクが手放せないほどだ。

土屋先生はまた、慎重に言葉を選び毅然《きぜん》とした態度で奥様のことを表現されている点が立派だ。これも、森の場合とほぼ同じである。「恐妻家のようによく書かれていますけど、ああいったことが書けるっていうのは仲が良い証拠ですよね」などというメールを読者からいただくけれど、そういう世間の誤解に嬉しい悲鳴を上げている。土屋先生が奥様について書かれる部分には思わず目頭が熱くなってしまう。

森と、森のとても可愛らしい奥様との間で、最近こんな会話があった。


「土屋賢二の本の解説を頼まれたよ」

「いくらで引き受けたの？」

「あれの可笑《おか》しさがわかる人は案外少ないのかな。読んだでしょう？」

「ああいうのはわからん」

「そう？　どこが面白くない？」

「字ばっかりで、絵がない」


ちなみに、森の奥様はとても可愛らしく大変な読書家で、昼寝の合間に一日に二冊は本を読むし、一週間に五着は洋服を買う。斬新な視点による貴重な意見に耳を傾けることは夫冥利に尽きるというものだ。耳を傾けるためには頭を傾けるしかないが、外見が首を傾げているように見えるのは皮肉な現象といえよう。

さあ、そろそろ解説でもしてみようか。

本書の中で、冒頭に水道の水が飲めない話が出てくるが、これは国立大学では常識中の常識であり、あまりに常識で部屋に水道があることさえ忘れていた。うちは浄水器が設置されていたが、やはり駄目だった。一説には教官会が定員割れするのは水が含有する鉄分のせいだ、と言われているけれど嘘である。

「それでも美人になりたいか」では、「おいしいマグロは、食べる人に喜びを与えるが、マグロにとっては、おいしくもなんともない」という画期的な見解が述べられている。この切り返しのメソッドは論理学的あるいは数学的で、土屋先生の十八番《おはこ》とするところであるけれど、その中でも、このフレーズは特に秀逸であり、おそらく土屋先生の墓標に刻まれるべき名文句といえるものだ。「マグロはマグロにとっては、おいしくもなんともない」なんて、素敵ではないか。だから共食いしないのだな、と子供はすぐに理解できるだろう。

最後の方では、ユーモアのセンスについて分析されていて、洞察力、複眼的見方、自由な精神という明快なベクトルを提示されている。これも恐るべき卓見で、舌を巻こうと思ったが短いので巻けなかった（森の奥様はできる）。特に土屋先生の場合、三つ目の自由な精神が卓越している、と思われる。それは、別の言葉でいえば、フォローがない、投げっぱなし、オチが書かれていない、わからんでもいい、どうでもいい、勝手にしろ、あっちへ行け、という自由さである。これができるのが、哲学者だ（理由は不確定だが）。したがって、一般人は一字一句逃さずに読まなければならない。どこにユーモアが潜んでいるのか、見逃してしまうからだ（見逃した方が幸せなときもたまにある）。

ようやく筆が乗ってきた。まさにこれから本作をべた褒めしようと考えていたが、いつの間にか依頼の枚数を大幅に超えてしまったようなので、それは是非この続きの機会にさせていただきたい（教え子の結婚式のスピーチも、この言葉で締めくくることにしている）。

（国立N大学工学部助教授・ミステリィ作家）

単行本　一九九八年七月　文藝春秋刊

文春文庫

人間《にんげん》は笑《わら》う葦《あし》である

定価はカバーに
表示してあります

2001年2月10日　第1刷
2002年4月5日　第4刷

著　者　土《つち》屋《や》賢《けん》二《じ》

発行者　白川浩司

発行所　株式会社　文藝春秋

東京都千代田区紀尾井町3-23　〒102-8008
TEL　03・3265・1211
文藝春秋ホームページ　http://www.bunshun.co.jp
文春ウェブ文庫　http://www.bunshunplaza.com

印刷・凸版印刷　製本・加藤製本

Printed in Japan

ISBN4-16-758803-X